Beate Wichmann

Am Arsch des Stephansdoms

Ein Sommer in Wien

Bibliografische Information der Deutschen Nationalbibliothek:
Die Deutsche Nationalbibliothek verzeichnet diese Publikation in der
Deutschen Nationalbibliografie; detaillierte bibliografische Daten
sind im Internet über http://dnb.dnb.de abrufbar.

© 2021 Beate Wichmann

Herstellung und Verlag: BoD – Books on Demand, Norderstedt

ISBN: 978-3-7526-8451-3

Für Adelheid

Vorwort

Meine große Liebe zu Wien habe ich in diese Geschichte eingewoben. Der Titel mag deftig klingen. Mich hat die Literatur von Thomas Bernhard inspiriert.

In seinem Buch „Wittgensteins Neffe" fand ich folgende Passage, die mir den Impuls für den Buchtitel gab. Überhaupt entspricht das beschriebene Gefühl dem, was ich empfinde, wenn ich in Wien flaniere, Menschen beobachte und doch die ganze historische Abgründigkeit und Doppelbödigkeiten mit wahrnehme.

„Im Sommer hatten wir unseren Stammplatz auf der Terrasse des Sacher und existierten die meiste Zeit aus nichts anderem als aus unseren Bezichtigungen. Gleich was vor uns auftauchte, es wurde bezichtigt. Stundenlang saßen wir auf der Sacherterrasse und bezichtigten. Wir saßen bei einer Schale Kaffee und bezichtigten die ganze Welt und bezichtigten sie in Grund und Boden. Wir setzten uns auf die Sacherterrasse und setzten unseren eingespielten Bezichtigungsmechanismus in Bewegung hinter dem Arsch der Oper, wie der Paul sich ausdrückte, denn sitzt man vor dem Sacher auf der Terrasse und schaut geradeaus, schaut man genau auf die Hinterseite der Oper. Er hatte eine Freude an solchen Definitionen wie dem Arsch der Oper, wohl wissend, daß er damit nicht anderes als das Hinterteil seines wie nichts auf der Welt geliebten Hauses am Ring bezeichnete, aus welchem er so lange Jahrzehnte mehr oder weniger alles, was er zum Existieren brauchte, bezog. Stundenlang saßen wir auf der Sacherterrasse und beobachteten die Leute, die da hin und her gingen. Tatsächlich gibt es für mich auch heute noch kaum ein größeres (Wiener) Vergnügen, als auf der sommerlichen Sacherterrasse zu sitzen und die Leute zu beobachten, die daran vorbeigehen. Wie ich ja überhaupt kein größeres Vergnügen kenne, als Leute zu beobachten und sie vor dem Sacher sitzend zu beobachten, ist eine besondere Delikatesse, die der Paul sehr oft mit mir teilte.“

I.

Es ist mein erster Ferientag. Ich sitze vollkommen überarbeitet von der letzten Schulwoche am Arsch des Stephansdoms in Wien auf der rechts stehenden Bank unter
den beiden Fratzen zwischen den Häusern des Stephansplatzes 4 und 5. Ich kann keine pubertierenden, laut schreienden Schülerhorden mehr ertragen. Ich habe Zeugnisse
geschrieben, unterschrieben und ausgegeben, ich habe Beurteilungen formuliert und Abschiede gefeiert, ich habe KollegInnen mit verabschiedet und aufgeräumt. Ich habe nebenbei eine Projektwoche durchgeführt und schon Gedanken ans neue Schuljahr verschwendet. Kurzum, ich bin völlig urlaubsreif, will nichts weiter als hier sitzen und meinen
ersten, wohlverdienten Hochgenuss von „Haas & Haas"
eine Mozartkugel langsam auf der Zunge zergehen lassen.
Ich sehe zum leidenden Christus hinüber und beginne an
dem Traum aus Schokolade zu saugen, da trötet mich plötzlich eine laute Stimme an: „Könnten sie mir 300 Euro leihen? Die brauche ich zum Lotto spielen, aber eigentlich für
eine gute Sache!" Mir fällt vor Schreck fast die Schokokugel
aus dem Mund. Nur eine Armlänge entfernt, steht ein Bettler wie aus dem nichts vor mir. Der Schock ist schnell verdaut, er sieht nicht gefährlich aus. Seine gesamte Erscheinung und seine dreiste Forderung wecken meine Neugier.
Ich mustere ihn genauer. Seine dunkelbraune Hose erzählt
von besseren Zeiten, sein beigefarbenes Leinenhemd wirkt
fast modern und die Schuhe sind nicht so ausgelatscht, wie
man es manchmal bei anderen Obdachlosen sieht. Sein Ge

sicht wird jetzt offener und er schmunzelt mich frech an, weil er merkt, dass er mit seiner dreisten Art meine Neugier geweckt hat. Er hält den Mund mit dem rotblonden Kaiser-Franz-Joseph-Bart etwas schief und zuzzelt mit der Zunge am rechten Mundwinkel, als ob er seinen Bart einsaugen wolle. Aus seinen kleinen braunen Augen funkelt er mich an. Er steht genau zwischen dem Abbild des Gekreuzigten und mir. Ich schaue ihn direkt an. Ich bin kein kleines Mädchen mehr, dass seinen Blick senken muss, wenn es auf diese Weise angesehen wird. Außerdem kenne ich das Spiel von meinen Schülern.

Ich frage mich, ob er doch ein Fiakerfahrer oder ein ehemaliger Schüler oder beides ist. Aber ich bin sicher. Er wiederholt inzwischen seine Forderung nach den dreihundert Euro, während die anderen Menschen achtlos vorübergehen. Die Forderung ist absurd, aber in mir regt sich ein neues Gefühl. Ich denke mir in einem Anfall von Abenteuerlust, warum soll ich nicht einmal spielen und ihm das Geld geben? Wahrscheinlich will er es ohnehin versaufen und in wenigen Tagen ist es weg. Ich würde es sonst eh nur in Museumseintritte und Wiener Schnitzel mit Erdäpfel- und Vogerlsalat investieren, was wäre schon an meinem Verplempern besser als an seinem?

Ich antworte ihm: „Sie bekommen das Geld unter folgender Bedingung von mir. Sie erzählen mir, wie Sie in ihre jetzige Situation geraten sind und in einer Woche treffen wir uns hier wieder und dann berichten sie, ob und wie viel sie gewonnen haben." Ungläubig starrt er in mein Gesicht und rückt weiter an mich heran. Dabei fällt mir auf, wie trocken und faltig seine Haut besonders um die Augen herum ist. Er wird um die sechzig Jahre alt sein. Mindestens fünfzehn Jahre älter als ich, denke ich. Er kommt für mich nicht in Frage. Warum mir dieser Gedanke überhaupt kommt, wundert mich selbst. Das ist doch totaler Humbug. Er nimmt rechts neben mir Platz. Ich muss schmunzeln, weil ich kurz zuvor die über uns ragenden Freskenfiguren mit ihren männlichen und weiblichen Fratzengesichtern in gleicher Anordnung, links er und rechts sie, betrachtet hatte.

Er fragt mich mit Blick und Fingerzeig auf den königlich-kaiserlichen Trafik–Lottoladen an der Ecke: „Sie geben mir das Geld, 300 Euro, wenn ich ihnen nur sage, wie ich in meine jetzige Lebenssituation gekommen bin?" Er schaut mich ungläubig an. Ich spüre bei dieser Rückfrage, dass es eine lange Geschichte wird. Seine Sprache scheint nicht so abgestorben wie bei anderen Bettlern. Sie schöpft aus vergangenen Tagen, die anders und weniger gleichförmig waren, als meine Vorstellung von Obdachlosigkeit ist. Ich lächle ihn an, hole dabei das Geldbörserl heraus und zeige ihm die erwünschte Summe. Ich habe eine Kreditkarte und ein Bankkonto und kann mir neues Geld aus dem Automaten besorgen. Was ist schon schlimm an dem kleinen Versuch, einen Menschen glücklich zu machen? Vielleicht macht es eher mich als ihn froh.

Jetzt sitze ich hier, der Mann wird ungeduldig, weil er mein Grübeln spürt und fragt: „Und wie kann ich mir sicher sein, dass Sie es mir dann auch geben und nicht lachend abhauen?" „Ich bin Beamtin. Sie können sich auf mich verlassen", verspreche ich freundlich. „Wenn ich sage, dass ich Ihnen das Geld gebe, wenn Sie mir eine Stunde aus ihrem Leben und von den Umständen erzählen, dann können Sie mir vertrauen. Falls Sie in 60 Minuten nicht fertig sind, können Sie mir zu einem anderen Zeitpunkt zu Ende berichten, aber auch dann dürfen Sie das Geld nehmen. Ich lege es hier zwischen uns in die Pralinenschachtel. Wir besiegeln das mit einer Schokokugel!"

Ich stecke die drei grünen Scheine zusammengefaltet in den umgekehrten Deckel der Verpackung. Dann nehme ich mir selbst eine Kugel und strahle ihn an. Die Vorfreude der anbrechenden Ferien, mein kleines Abenteuer hier und der Schokoschmaus lassen mich auf einen besonderen Sommer hoffen. Er greift nicht zu, sondern richtet nach einem tiefen Blick in meine Augen, die eine Träne in seinem rechten Auge offenbaren, seinen Blick in Richtung der Seitenwunde des steinernen Jesus. Er ist erkennbar gerührt, denn damit hat er nicht gerechnet. Dann beginnt er zu erzählen, und die vorbeigehenden Passanten verschwimmen vollkommen in meiner Wahrnehmung. Was andere von mir halten, während ich mit dem Bettler hier sitze, ist mir egal. Hier kennt mich niemand. Ich lebe mein Leben und kann machen, was ich will, und diese Freiheit beginne ich ausgelassen zu genießen und höre zu.

„Ich habe ein todsicheres System entwickelt, wie ich den Lottojackpot knacken kann", erklärt mein neuer Bekannter. Wie bitte? Kaum hat er zu Ende gesprochen, steigt mein Puls. Statt einer spannenden Geschichte bekomme ich eine Spinnerei aufgetischt. Das kann ja heiter werden. Ich brauche Schokolade! Er ergreift meine Hand und blickt mir mit hektisch aufgerissenen Augen ins Gesicht und sagt: „Bitte, warten Sie!" Und im nächsten Augenblick macht er eine unterwürfige Geste des vor mir Niederkniens, die ich gerade noch abwenden kann, indem ich sage: „Bleiben Sie um Himmels willen auf der Bank sitzen, machen Sie kein Aufsehen und erzählen Sie!" Ich will jetzt nur hier sitzen und zuhören. Er versteht, rückt sich zurecht, räuspert sich und beginnt endlich zu erzählen.

„Ich bin ein gebürtiger Ottakringer, Jahrgang 1962. Meine Mutter erzählte mir, dass meine ältere Schwester gleich nach der Geburt gestorben sei. Das gleiche Schicksal drohte mir, denn ich kam zu früh, schon nach sieben Monaten, per Kaiserschnitt auf die Welt. Wegen einer Rhesusunverträglichkeit wurde mein Blut ausgetauscht und ich lag Wochen in einem Brutkasten. Erst nach zwei Monaten habe sie mich mit nach Hause nehmen dürfen. Dort war sie mit mir allein und ich musste oft wegen meines Asthmas ins Spital. Deshalb ging ich kaum in den Kindergarten. Mein Vater war ein Hallodri und ich habe ihn nie kennengelernt. Meine Mutter erzählte verschiedene Geschichten über ihn. Mal sei er ein reicher verheirateter Mann gewesen, der aus Grinzing herübergekommen war, um etwas mit ihr anzufangen. Mal war er ein Kollege aus der Tabakfabrik oder ein Durchreisender, den sie nur einen Abend lang gesehen hatte. Kurzum, ich weiß nicht, wer mein Vater war. In meiner Geburtsurkunde steht ein geschwungener Strich hinter dem Wort Vater. Mit ihren Eltern hatte sich meine Mutter schon vor meiner Geburt überworfen. Ihre Freunde aus dem Grätzl waren zahlreich und häufig wechselnd. Wir wohnten in dem Gemeindebau Sandleitenhof am Nietzscheplatz 2 und ich hatte Spielkameraden im Hinterhof, wie man sie damals in Arbeitergegenden eben hatte. Alle, die da waren, spielten gemeinsam irgendetwas, was zuvor jemand angestiftet hatte. Fußball, Verstecken oder manchmal rannten wir nur so herum und spielten Fangen. An guten Tagen leierte eine Mutter an einem Strick einen Beutel mit frisch ausgebackenen Krapfen herunter. Das war dann wie ein kleines Fest und es herrschte ausgelassene Stimmung. Abends mussten wir in die Wohnungen hinein, wenn es dunkel wurde. Die Sommer waren unbeschwert. Viele Eltern kümmerten sich nicht so genau um ihre Kinder, wie man das heutzutage kennt. Sie hatten mit sich zu tun oder waren, wie meine Mutter, auf der Suche. Meine Mutter suchte ihr Glück im Heurigen oder Buschenschank, wo halt grad ‚Ausgesteckt' war. Dort lernte sie schnell nette Männer kennen in ihrem Aufzug. Meistens trug sie eine weiße Rüschenbluse, dazu abwechselnd ihre zwei Dirndl, blau mit weißen Streifen oder ein hellgrünes mit gelben Blümchen und die verschiedenen Schürzen. Die langen rotblonden Haare hatte sie zu einem Pferdeschwanz gebunden oder zu einem schön geflochtenen Dutt. Dazu trug sie etwas roten Lippenstift und auf die Wangen machte sie jeweils einen Punkt davon, den sie dann so verrieb, dass ihr Gesicht rosig und nicht mehr so blass wirkte. Ich sah ihr gerne zu, wenn sie sich zum Ausgehen zurechtmachte. Ich bettelte sie an, dass sie mich mitnehmen oder wenigstens nicht so lange wegbleiben solle. Sie sagte dann schmunzelnd, dass sie sich nach Vater umsehen wolle und ich hoffte, dass sie ihn für mich suchte. Sie war eine lebenslustige, rundliche Frau, hatte immer ein Liedchen auf den Lippen. Sie schimpfte zwar, dass ich ihre Figur ruiniert hätte, aber ich fand meine Mutter hübsch. Vielleicht meinte sie die Narbe des Kaiserschnittes auf dem Bauch. Im Schwimmbad, wo wir an den Sonntagen nach einem Kurzbesuch in der „Vater-Unser-Garage", wie sie die Kirche von St. Joseph nannte, immer hingingen, war sie nie lange allein. Und ich hatte meine Mutter nie nur für mich.

Sie schickte mich gerne zu Gerty. Das war so eine ältere Frau im Haus, zu der ich Tante Gerty sagte, obwohl sie nicht meine richtige Tante war. Meine Mutter hatte keine Geschwister. Oft ging sie zum Weintrinken aus, kam erst spät nachts nach Hause und nahm mich von Gerty mit nach oben zu uns. Da stritten die beiden Frauen oft, weil das kein Leben für ein Kind sei, und ich blieb immer öfter einfach allein zu Hause, wenn Mutter ausging. Wenn sie nachts wiederkam, war sie meist betrunken und weckte mich durch ihren Weingesang. Ich glaube, ich kenne dadurch die Wiener Lieder fast so gut, wie der Sänger mit dem reichhaltigsten Repertoire von Wien. Vielleicht könnte ich es sogar mit der am besten ausgestatteten Wurlitzer-Jukebox im „Zum G´schupften Ferdl" aufnehmen. Manchmal kam sie erst morgens nach Hause und grinste breit oder kicherte vor sich hin. Sie sagte dann, dass sie gedacht hätte, meinen Vater getroffen zu haben. Leider war es anders und sie ist mit verschiedenen weinseligen Männerbekanntschaften mitgegangen. Eines Morgens sah ich sie dann auf der Schlafcouch in der Küche liegen und ich versuchte mich zu ihr zu legen, wie ich das manchmal machte, wenn ich aufwachte. Dieses Mal ging das nicht. Sie lag so breit ausgestreckt da und war nicht zu bewegen, dass ich spürte, dass irgendetwas anders war. Sie hatte sich erbrochen und ich rüttelte sie, doch sie war nicht wach zu bekommen. Ich holte Wasser und tröpfelte es ihr ins Gesicht, aber das brachte nichts. Ich kitzelte sie und nichts regte sich. Ich begriff, dass etwas Fürchterliches passiert war, aber ich konnte nichts tun. Ich setzte mich vor sie auf den Hocker hin und starrte sie über einen ganzen Tag hinweg an. Als es schon wieder dämmerte, holte ich Gerty. Sie fragte mich immerzu, seit wann sie so daliege und schüttelte heftig den Kopf und sagte immer: „Mein armes Burli, mein armes Burli!" Ein anderer Mann aus dem Haus rief die Rettung, die aber nichts mehr machen konnte. Und so kamen dann zwei fremde Männer in schwarzen Anzügen und holten meine tote Mutter ab.

Danach verschwimmt meine Erinnerung. Wir standen irgendwann an einem offenen, erdigen Grab auf dem Ottakringer Friedhof bei schönstem Sommerwetter. Ein Priester aus St. Joseph war da, ein Junge mit dem Vortragekreuz hatte uns aus der Trauerhalle geführt. Allerlei Männer waren gekommen, Liebschaften meiner Mutter und ein paar Nachbarn und Gerty. Außerdem waren da meine Großeltern, die ich auf diese Weise zum ersten Mal sah und die mich sorgenvoll ansahen. Sie waren vollkommen schwarz angezogen, dass ich es mit der Angst zu tun bekam. Sie sagten, dass sie zu alt seien, um mich aufzunehmen, zu krank dazu, und dass ich in ein ordentliches Heim käme. Alle schüttelten mir die Hand und sahen mich mitleidig an und dann waren alle weg. Gerty brachte mich am nächsten Morgen in das Heim. Es war der 1. August 1969 und mein neues Leben begann.

Mit meinen sieben Jahren war ich der vierzehnte Junge, der ankam. Es war das riesige Haus Hohe Warte 3. Wir wohnten im linken Flügel in Richtung Ruthgasse, in zunächst zwei und später drei großen Schlafsälen. Wir hatten unseren Dad Phil, der seine Tür meist offen ließ, so dass wir

13

immer zu ihm kommen konnten und der mich herzlich in Empfang nahm. Ich durfte die ersten drei Nächte auf einer Couch in seinem Zimmer schlafen, um etwas zur Ruhe zu kommen und um mich an die neue Situation zu gewöhnen. Mir gefiel es sofort, denn zu meinem großen Erstaunen erklärte mir Dad Phil alles, was mit mir von nun an passieren würde. Er strahlte eine wohltuende Wärme aus und hatte die gleichen bernsteinfarbenen Augen wie ich und fast den gleichen Ton meiner roten Haare. Überhaupt hatten alle Jungen rote Haare. Bisher waren mir Rothaarige nur selten begegnet. Es gab nur ein älteres Mädchen in der Schule, die schien mir hässlich, mit ihren leuchtenden roten Zöpfen und den vielen Sommersprossen. Zudem trug sie eine Brille und redete kaum. Hier waren alle, wie ich und sogar mein Dad Phil sah so aus, als könnte er mein leiblicher Vater gewesen sein. Wir sollten ihn amerikanisch ansprechen, weil er damit Rache an den russischen Besatzern nach dem 2. Weltkrieg nehmen wollte. Ich verstand das zwar nicht, aber ich wollte nicht fragen. Ich vertraute ihm, wie die anderen Buben dies taten, und stellte die ungewöhnliche Art der Anrede nicht in Frage. Sie imponierte mir eher.

Es dauerte nicht lange, bis ich mich eingelebt hatte. Ich fühlte mich erstmals in meinem Leben zu Hause. Es gab keine dummen Sprüche zu meinen Haaren und wir Buben hatten schnell heraus, was uns ausmachte und was einer besser als der je andere konnte. Dad Phil erklärte uns immer, was wir am nächsten Tag vorhatten, und fragte uns nach unserer Meinung. Dazu gab es Gesprächsrunden, bei denen jeder sprechen durfte und keiner den anderen auslachte. Überhaupt kam es nicht mehr vor, dass jemand ausgelacht wurde. Dad Phil erzählte uns spannende Geschichten von einem Sommerhügel und einer Schule, wo alle gleichberechtigt zusammengelebt hatten und alle alles mitbestimmen durften. Er fragte uns immer wieder, ob wir so leben wollten, und wir rochen die große Freiheit, die das für uns und unser künftiges Leben haben würde, und schrien im Chor „Yes, Phil – we want it– let's do so!" Danach schüttelten wir uns vor Lachen aus. Es fühlte sich großartig an, denn von anderen Schulen hatten wir nie anderes als Strenge und Gehorsam gehört und es nie anders kennengelernt. Wir fragten gar nicht, ob wir nicht mehr in die normale Schule müssten, es war einfach so und wir wollten durch dumme Fragerei keinerlei schlafende Hunde wecken. Fast hatten wir das Gefühl, dass wir keine Schule mehr bräuchten, weil wir alles anders lernen könnten.

Jeden Tag nach dem Abendbrot überlegten wir in den Runden, was wir am nächsten Tag gemeinsam machen wollten. Meist wollten wir Fußball spielen. Wir hatten aber auch jede Menge alltägliche Aufgaben zusammen zu erledigen. Oft ging es nach den Mahlzeiten in unseren Gesprächen darum, Regeln gemeinsam aufzustellen und die passenden Konsequenzen zu finden. Irgendeiner hatte immer einen Lappen nicht zum Abwischen nehmen wollen oder dem anderen auf dem Teller mit der Gabel im Essen herumgestochert. Wir wollten aber gemeinsam gut auskommen. Die Jungen mussten sich an diese Form von Selbstbestimmung erst gewöhnen. In den Heimen in den Bergen bei meinen Kuren war es immer anders gewesen. Immer waren irgendwelche strengen Nonnen dort und sagten schon bei der Ankunft die zehn wichtigsten Verhaltensregeln auf, die man ohne Widerrede zu befolgen hatte oder deren Nichteinhaltung mit allerlei Strafen belegt wurden, so dass man gleich wusste, was einem blüht. Endloses Sitzen an Tischen mit ungenießbaren Speisen, bis man diese aufgegessen hatte, folgten oder Mahlzeiten wurde entzogen, weil man zu laut gewesen war oder irgendeinen langweiligen Alpenspaziergang verweigert hatte. Höchststrafen gab es bei Störungen der Heiligen Messe, und da hatte ich immer allerlei Einfälle etwas mehr Leben in die Liturgie hineinzubringen. Ich stimmte einmal während der Ankündigung des Herrenmahls direkt nach dem Klingeln, aber schneller als der Messdiener ein „Vermächtnis des Magens" an, wobei es „Geheimnis des Glaubens" heißen würde. Alle konnten sich kaum halten und kicherten herum. Sogar der Priester hat geschmunzelt und bei der nachfolgenden Beichte fragte er, wie ich darauf denn gekommen sei und ob ich mit meinem Sinn für richtigen Einsatz und der schönen Stimme einmal Messdiener werden wolle. Gott bewahre! Die Kur war dann schnell vorüber, wo es doch gerade angefangen hatte Spaß zu machen. Jedenfalls wusste ich genau, dass es in Heimen anders zuging. Die anderen waren aber von besserer Gesundheit und noch schlechteren Familien, ich meine damit aus noch unklareren Familienverhältnissen gekommen, als ich, und kannten Regeln fast gar nicht. Dementsprechend dauerte die Phase des Festlegens und Einhaltens der Regeln in meiner Erinnerung ewig. Unsere Gruppe wurde in den nächsten Wochen bis zu den Herbstferien auf zwanzig Buben aufgefüllt. Jeder Schlafsaal beherbergte sieben bzw. sechs Jungen. Der eine frei gebliebene Platz, erklärte uns Dad Phil, sei für Jesus, falls er mal unser Gast sein wolle.

Das war wie bei den Nonnen. So fromm kam mir Dad Phil sonst gar nicht vor. Doch darin war er ernst und keiner machte darüber einen Witz. Wir wussten bei unserem neuen Vater, was er wollte. Das war die Einheit zum Lernen von Respekt gegenüber ihm und gegenüber Dingen, die anderen heilig sind, gewesen. Es folgten weitere wichtige Lektionen.

Dad Phil erzählte uns, dass wir in dem Heim keine Zöglinge sein, sondern als normale Buben aufwachsen sollten. Er hatte dazu eine besondere Erlaubnis zu einem Versuch vom österreichischen Erziehungsministerium und der Stadt Wien erhalten. Das sei eine Art Wiedergutmachung an ihm, weil er als Kind nicht mehr in die Schule gehen konnte und sogar weglaufen musste und sich bis nach Budapest durchgeschlagen hatte. Dort traf er zwar auf einen großherzigen Pfarrer, der sich um jüdische Kinder gekümmert hatte. Aber sein Leben wäre ohne diese Vertreibung aus dem behüteten Elternhaus sicher anders verlaufen. Damals, nach dem sogenannten Anschluss Österreichs an Deutschland, hatten seine Eltern und er immer weniger Rechte. Zunächst dachten die meisten Juden Wiens, dass es vorbei gehen würde. Viele versuchten zu emigrieren, aber die meisten hatten gar nicht die Mittel, um die nötigen Papiere und die für die Auswanderung erhobenen Steuern zu bezahlen, und hofften auf ein schnelles Ende der Hitlerdiktatur. Besonders in Wien wollte man sich die Lebensfreude nicht nehmen lassen. Selbst Sigmund Freud und Viktor Frankl waren noch lange geblieben, doch irgendwann war es zu spät gewesen. Es kam der Befehl, sich in der Schule in der kleinen Sperlgasse zu versammeln und nur einen Koffer mitzunehmen. Es gab viele Gerüchte von Lagern im Osten, in die man gebracht wurde und dass die Eltern von den Kindern getrennt würden. So hatten die Eltern unseren Dad Phil als Kind zur Seite genommen und erklärt, dass er sich nach Budapest zu Verwandten durchschlagen sollte. Er sollte sich immer entlang an der Donau halten und immer genügend essen, dann würde er es schaffen und sie ermunterten ihn mit einer Notlüge zu diesem Abenteuer und versprachen, schon dort auf ihn zu warten. Die Eltern hatten dies als psychologischen Trick angewandt und meinten, er müsse sich anstrengen, dass er schon früher, als sie da sei, um sie begrüßen zu können. So war er in der Lage zu beweisen, wie selbständig er sei. Sie wollten ihm drei Tage Vorsprung geben und dann würden sie sich bei Tante Eva treffen. Er war so beseelt von dem Gedanken, dass er es schaffte, innerhalb einer Woche nach Budapest zu gelangen. Er lief tagsüber und schlief nachts. Er fand immer ausreichend Essen und hatte auch sonst noch etwas Geld für die Bauern am Wegesrand, die ihm alle halfen und sich diese Geschichte mit vielsagendem Schweigen und bedächtigem Kopfnicken immer wieder angehört hatten. In Budapest war die Tante schon weg, und keine Spur mehr von ihr zu finden. So irrte er durch die Straßen, bis ihn dieser Pfarrer einsammelte, in ein Kinderheim am Ufer in Buda brachte und ihm einschärfte, dass er nicht sagen solle, dass er ein Jude sei. Zunächst dachte er, das sei ein Versuch, ihn zum Christen zu bekehren. Aber bald erkannte er in den anderen Jungen, dass es eine Art Schutz war, vor der Staatsmacht und vor dem Leben im Ghetto und erst recht vor den Transporten oder dem grauenvollen, massenhaften Hineintreiben der Menschen in die Donau. Es war ein Schutz, als bedrohte

Minderheit in der Mehrheit zu leben. Er verstand das so plötzlich und unmittelbar und hatte doch unendliche Sehnsucht nach seinen Eltern, von denen er kein Lebenszeichen mehr seit seiner großen Abenteuerwanderung bekommen hatte. Hinter vorgehaltener Hand erzählten die anderen Jungen, was sie von den Lagern gehört hatten, und versuchten möglichst hoffnungsvoll, jeden Tag einzeln zu leben. Manchmal beteten sie mit Pastor Gabor Szethlo, aber er forderte sie dazu nicht auf. Es war einfach ihr eigenes inneres Bedürfnis, um ein schnelles Ende des Krieges zu beten und die Hoffnung auf das Wiedersehen mit den Eltern nicht zu verlieren. Die Angst um das eigene Leben war dabei erstaunlich gering, weil der Pastor ihnen immer neue Aufgaben stellte, die sie voll Begeisterung erfüllten. Als großes gemeinsames Werk bauten sie einen Fußballplatz und gingen so voller Ehrgeiz ans Werk, dass es dabei auch zu Streitereien kam. Die einen wollten nur bauen, ohne vorher zu denken, die anderen wollten erst riesige Pläne machen und nie beginnen. Es mussten Kompromisse entwickelt werden, aber die ließen sich nur im gegenseitigen Zuhören herausarbeiten. Dadurch kam es zu einem ausgeklügelten System von Verantwortung und Rollenverteilung. Dad Phil sagte, dass er sich so ähnlich den neuen Teil der Erziehungsanstalt in dem Westflügel Hohe Warte 3 vorstellte. Wir waren beeindruckt von der Geschichte und redeten sogleich durcheinander. Dad Phil schmunzelte und unterbrach uns lächelnd: „Halt, meine roten Buben! Wartet, ich will euch einiges erzählen, bevor wir beginnen." Und er sprach weiter von dem wichtigen Sinn der Ehrlichkeit untereinander. Viele von den anderen Jungens waren gewohnt in Heimen zu leben und hatten sich einen gewissen Grad an Gerissenheit angewöhnt, doch genau darauf sollten sie verzichten. Das war nicht immer einfach. Es gehörte dazu, dass wir zu den anderen Flügeln des Hauses und zu dem Mädchenwaisenhaus in der Nachbarschaft keinen Kontakt pflegen sollten. Das führte zunächst zu mehreren Tagen Unstimmigkeit und Dad Phil wurde schweigsam. Ich zog am Abend in dieser Zeit meine Decke besonders tief ins Gesicht und weinte um meine Mutter. Ich wollte lieber wieder nach Ottakring zurück. Ich besuchte einmal am Sonntagnachmittag Tante Gerty. Ich wollte sie bitten, ob sie mich nicht doch bei sich aufnehmen könne. Sie kam mir zuvor und sagte, dass meine Großeltern so entschieden hatten und das sie nichts habe machen können. Noch schwerer ist mir mein Herz da geworden. Ich wusste, es war eine endgültige Entscheidung über meinen Kopf hinweg getroffen worden. Ich konnte nichts tun, als mich in mein Schicksal zu fügen. Mit traurigen, wirren Gedanken kehrte ich mit der Linie 37 in meine neue Heimat zurück. Ich war zwar froh, da sein zu können, und die Buben waren mir inzwischen vertraut, aber so viel Neues schien zu passieren. Ich wollte einfach die Schlichtheit und Ordnung meines alten Lebens zurück.

Während ich eine Weile mit meinem Schicksal haderte, führte Dad Phil sein Experiment mit uns weiter fort. Er verlangte von uns, die Grundregeln des Einhaltens von Respekt und Ehrlichkeit zu unterschreiben. Es dauerte bis Ostern, bis das alle getan hatten. Bei mir war der Groschen gefallen, als er uns die Geschichte seiner Eltern erzählt hatte, die nicht mehr aus den Konzentrationslagern der Nazis zurückgekommen waren, und gleichzeitig hatte er die hoffnungsfrohe Geschichte von Viktor Frankl erzählt. Der große Psychiater Wiens, der wegen seiner Eltern trotz Ausreisegenehmigung geblieben war und dadurch später in mehrere Konzentrationslager geschleppt wurde, hatte es überlebt. Doch er hat es nicht nur überlebt, sondern hat sich mit dem Weiterleben nach Auschwitz schon 1946 beschäftigt. Wie konnten denn die Menschen dieses Martyrium überleben und überwinden? Viele haben es nicht geschafft, sie haben später Suizid begangen oder ihr Erlebtes so stark verdrängt, dass sie erst nach Jahrzehnten geredet haben. Nicht Viktor Frankl. Er hat seine Gedanken aus der Hölle schnell nach dem Erlebten niedergeschrieben und mit dem eindrücklichen Titel: „Und trotzdem: Ja zum Leben sagen!" versehen. So erzählte uns das Dad Phil. Ich entschied mich für mich und mein Leben, es ihm gleich zu tun. Am Tag nach dem Erzählen dieser Geschichte, unterschrieb ich die Vereinbarung mit Dad Phil und wollte noch mehr hören aus dem Leben von Viktor Frankl. Und Dad Phil erzählte uns Frankls Gleichnis vom Stoppelfeld und der Scheune:

„Die Zeit wird missverstanden. Denn wie steht der durchschnittliche Mensch zur Zeit? Er sieht nur das Stoppelfeld der Vergänglichkeit, aber er sieht nicht die vollen Scheunen der Vergangenheit. Er will, dass die Zeit stillstehe, auf das nicht alles vergänglich sei; aber er gleicht darin einem Manne, der da wollte, dass eine Mäh- und Dreschmaschine stille steht und am Platz arbeitet, und nicht beim Fahren; denn während die Maschine übers Feld rollt, sieht er – mit Schaudern – immer nur das sich vergrößernde Stoppelfeld, aber nicht die gleichzeitig sich mehrende Menge des Korns im Innern der Maschine. So ist der Mensch geneigt, an den vergangenen Dingen nur zu sehen, dass sie nicht mehr da sind; aber er sieht nicht, in welche Speicher sie kommen. Er sagt dann, sie sind vergangen, weil sie vergänglich sind – aber er sollte sagen: Vergangen *sind* sie; denn: 'einmal' gezeigt, sind sie 'für immer' verewigt."

Immer weniger Jungen waren noch widerspenstig, immer weniger Streiche wurden getrieben und immer mehr hatten sich angewöhnt, diesen Erzählstunden genau zu lauschen. An diese Geschichte erinnere ich mich genau. Es ging um den Sinn des Lebens, und wie man sich das vorzustellen habe. Wenn wir uns nur auf den Mangel ausrichten, spüren wir den Mangel. Wir neigen oft dazu. Man sollte sich ein Getreidefeld vorstellen und die verschiedenen Stufen der Reife. Die meisten Jungen bestätigten, dass sie sich das reife Feld und die wogenden Ähren des Spätsommers vorstellten. Es war aber auch ein Bub aus der Region am Neusiedler See dabei und er meinte, dass es doch schöner wäre, wenn man den Sommer vor sich habe und es so hübsch aussah, wenn mit der Hand ausgesät wurde. Ein anderer, grober Bursche aus Wien, der schon einige Jahre in den Kliniken am Steinhof zugebracht hatte, meinte ihm reiche das Feld im Brot verarbeitet. Natürlich lachten wir alle, aber Dad Phil gelang es, die Aufmerksamkeit zurückzuerlangen, und er erzählte uns die Geschichte, wie sie Viktor Frankl erzählt hatte und das es beim „Das Stoppelfeld und die Scheune" eben darum gehe, den Blick auf das eigene Leben zu richten und wie man in den unterschiedlichen Phasen des Lebens, unterschiedlich auf die Dinge sehen solle. Eins nur wollte er nicht, dass wir nur auf das Ende sahen und nicht auf die eigenen Möglichkeiten und bereits Erreichtes schauten. Er wollte uns ermuntern, unser Leben selbst in die Hand zu nehmen und Einer nach dem anderen verstand diese Theorie. Nun sollten wir zum Vertrauensbeweis nach und nach unsere Geschichten erzählen. Phil sagte, dass dies die Bedingung unseres Zusammenlebens sei und dass er dies aus seinem Leben gelernt habe. Er wollte sich nicht mehr hinters Licht führen lassen, wie von seinen Eltern und dann über das verlorengegangene Vertrauen trauern müssen. Er wolle sein Leben uns widmen und dazu gehöre unsere Mitwirkung. Die Geschichten der Jungen waren sehr unterschiedlich. Ich weiß nicht mehr, ob ich sie alle den richtigen Buben zuordne, oder ob sie in meiner Erinnerung ineinander verschmolzen sind. Ich komme auch nicht für jeden der Jungen auf eine eigene Geschichte, wahrscheinlich war ich zu nervös, weil ich meine Geschichte erzählen sollte. So lange ich nicht an der Reihe gewesen war, war ich aufgeregt und hatte immer eine Beklemmung in der Brust. Vielleicht lag es zusätzlich an dem verregneten Frühjahr mit dem diesigen Wetter, die meine Asthmaphasen schwer werden ließen. Einmal war ich für eine Weile im Spital nach einem Anfall, so dass ich deswegen einige der Geschichten verpasst hatte. Insgeheim hatte ich gehofft, dass ich selbst nach meiner Rückkehr aus der Klinik nicht mehr erzählen müsse. Aber es muss lange Geschichten von einzelnen Buben gegeben haben, so dass sich das Erzählen hingezogen hatte. Ich berichtete kurz und schmerzlos, was ich als Ottakringer erlebt hatte. Das meine Mutter lieber in der '10er Marie' verkehrte und wie ich sie gefunden hatte. Alle sahen mich an und einige hatten ein paar Tränchen verdrückt. Am nächsten Tag waren sie besonders nachgiebig zu mir und ich fühlte mich aufgenommen. Bald nach mir kam ein dunkelroter Bub aus Tirol mit dem Erzählen dran. Er sang ein Lied von Arik Brauer „Rostiger, die Feuerwehr kommt" – wir waren alle erstarrt. Ein Lied voller Ausgrenzung, Entwertung und in der Folge die entstandene Einsamkeit war die Geschichte von unserem Anton. Dad Phil sprach zu uns: „Versteht ihr jetzt, warum ihr hier alle rothaarig seid? Ich will nie wieder erleben, dass einer wegen eines Merkmales, für das er nichts kann, in irgendeiner Weise ausgegrenzt und entrechtet wird! So ging es uns allen schon. Versteht ihr jetzt, um was es im Leben geht? Um gelebte Mitmenschlichkeit!" Vielleicht hatten wir bisher nie so im Brustton der Überzeugung gerufen: „Yes, Phil – we want it– let`s do so!" Unser Experiment startete nun richtig.

Oft gingen wir hinaus. Am liebsten entdeckten wir die nähere Umgebung. Genau gegenüber fand sich dieses große, dunkle Holztor, das uns in eine andere Welt entführte. Wir wussten, dass dies früher einmal ein Eingang zu einem Filmstudio gewesen war. In unseren Köpfen entstanden die lustigsten, traurigsten, fantastischsten Ideen für neue Filme und wir spielten sie in unserer Abenteuerlust aus. Dazu sammelten wir auf dem Platz, wo allerlei Mist gelagert wurde, Ausstattungsgegenstände für unsere Kulissen zusammen. Wir übten kleine, teilweise sogar akrobatische Szenen ein. Wir lernten Dialoge auswendig, besetzten die Rollen mit geeigneten Mitspielern aus unseren Reihen und spielten so alles heraus, was wir in unseren Köpfen und Herzen angesammelt hatten. Es waren kleine berauschende Feste und wir waren unser eigenes Publikum. Dieses Spielen schweißte uns in einer eigenartigen Weise zusammen, weil es so viel von uns offenlegte, dass wir dadurch verletzlicher waren, mehr noch als nur von dem Erzählen unserer Geschichten. Es ist nicht verwunderlich, dass einer von uns ans Burgtheater gegangen ist. Wir haben durch Dad Phil, als er merkte, welche Freude wir am Theaterspiel hatten, jede Menge an klassischen Texten eingeübt. Das war dann doch Schule und Unterricht, aber es lief auf diese Art so natürlich ab, dass wir das nicht so schwer, belastend und anödend empfunden haben, wie zuvor in den Volksschulen. Einmal gingen wir mit einem Stück über König Lear hinaus. Wir führten es auf einem Kinder- und Jugendfestival auf einer steinigen Naturbühne im Sommer auf. Es war für den, der dann Schauspieler geworden ist, so eine Art Schlüsselerlebnis, wonach sich Kinder doch sehnen. Er wurde entdeckt von einem Regisseur und durfte dann an den Wiener Theatern kleine Rollen übernehmen. Irgendwann kamen die Schauspielschule und später der Erfolg. Ich freue mich für ihn, aber meine Welt ist es nicht. Ich hatte gleich nur eine Nebenrolle, ich mochte dieses im Rampenlicht stehen und dabei angestarrt werden nicht. Ständig hatte ich Schweißausbrüche und Angst, meinen Text zu vergessen und sprachlos auf der Bühne zu stehen. Damit wollte ich dauerhaft nichts zu tun haben, aber das war eine sinnvolle Erkenntnis, die ich diesem spielerischen Umgang zu verdanken habe.

Manchmal sind wir bandenartig um die Häuser gezogen. Dabei ging es oft in Richtung Rothschildgärten hinauf. Damals waren sie größer, auch wenn die vielen Gewächshäuser, die es laut Dad Phil bis zum Krieg dort gegeben hatte, längst zerstört waren. Uns reichten die Bäume. Wir sollten alle Arten bestimmen, Dad Phil war ein Fuchs. Er machte dort mit uns undercover Biologieunterricht. Wir beobachteten mal den Fruchtstand von dem einen und mal vom nächsten Baum, dann setzten wir das Beobachtete in Beziehung und zogen Schlüsse zu den Jahreszeiten und Wuchsperioden. Da die Bäume so zahlreich und unterschiedlich waren, konnte jeder Junge einen eigenen Baum bekommen und ihn über einen längeren Zeitraum studieren. Dann mussten wir nach einem Jahr den anderen Jungs unsere Beobachtungen erklären. Dazu versammelten wir uns rund um den Baum des jeweiligen Jungen, hörten zu und sahen uns die Aufzeichnungen des anderen Buben an. Es war klar, dass man zuhören musste, denn irgendwann war man selbst dran und wollte nicht schlechter abschneiden. Es war so eine natürliche Art des Lernens miteinander, voneinander und gleichzeitig verbunden mit dem sozialen Lernen. Es war fruchtbar und wir begriffen das immer mehr. Neben dem botanischen Teil förderte er die Kunst. Wir mussten unsere Beobachtungen in den verschiedenen Jahreszeiten für uns selbst festhalten. Das schulte unsere Betrachtung der Dinge und die Aufmerksamkeit für Details. Wenn man nicht so gut war im Zeichnen, hat uns Dad Phil etwas zu richtigen Proportionen erklärt. Es war schon gewieft, wie er das angestellt hat. Kunst hatte uns bisher nicht vom Hocker gerissen, wir fanden das unmännlich. Jetzt sahen wir, wie verschiedene Dinge zusammenhingen. Da waren Biologie, Zeichnen, Beobachten, Mitschreiben, Erzählen, Zuhören, Spazierengehen und Bewegung plötzlich zusammengekommen. Wir fühlten uns, nachdem alle Jungen ihren Baum erklärt hatten, vollgesogen mit neuem Wissen. Wir spürten den Sinn des Lernens an zuvor für uns als unwichtig erachteten Dingen.

Diese Erkenntnis verlockte uns dazu, Entdeckungen machen zu wollen und mit einer neuen Offenheit durchs Leben zu gehen.

Einmal hatten wir beim Heimstromern eine bemerkenswerte Begegnung. Wir gingen immer in kleinen Gruppen von höchstens drei bis vier Jungen, damit die Nachbarn der Hohen Warte sich nicht über uns unerzogene Bengel hermachten. Zu oft schon mussten wir zu Unrecht Schimpfkanonaden ertragen, ohne dass es ersichtliche Gründe dafür gegeben hätte. Richtige Grantler nölten uns voll oder alte Wienerinnen beschimpften uns. Doch dieses Mal lief es anders. Wir trafen auf die rote Fini, die allen bekannt war. Sie sagte, wir sollten mit in ihr rotes Eckhaus kommen, sie habe Lust, uns auf Tee und Kuchen einzuladen. Wir lehnten nie etwas Süßes ab und hatten immer Hunger. Also folgten wir brav wie die Lämmer. Sie ließ uns in ihrem seltsamen Kastenhaus mit den kleinen Schlitzfenstern Platz nehmen und erzählte uns, was aus dem Mann geworden war, der es einst erbaut hatte. Er war nach Theresienstadt gebracht worden und sie sagte, dass sie wegen der Verbrechen der Nationalsozialisten zur Kommunistin geworden sei. Sie wollte, dass wir das verstehen und das wir uns entscheiden sollten, wofür wir uns im Leben einsetzten. Sie wollte nicht hören, wie es uns ergangen war, und dass wir schon schwere Schicksale gehabt hatten. Das war ihr klar, denn im ganzen Gebiet waren wir als die rote Bande bekannt. Wahrscheinlich wollte sie deshalb zu uns reden, weil sie selbst als die rote Fini betitelt wurde, aber sie hat für uns damals zu wirr geredet. Später ist mir klar geworden, dass sie versucht hat, das „Kommunistische Manifest" von Karl Marx zu erklären, weil sie selbst davon so beseelt war. Wir waren nur ihre Versuchsobjekte, vor anderen Menschen Reden zu halten, und wir waren willig, weil sie uns mit leckerem Kuchen bestochen hatte. Aber wir wären zu jeder alten Dame mitgegangen, auch zur Queen. Fini entließ uns dann und sagte, dass wir wiederkommen könnten. Doch dazu fehlte uns später der Mut. Nachdem wir Dad Phil und den anderen unser Zuspätkommen erklärt hatten, erzählte uns Dad Phil mehr aus dem Leben von der roten Fini, vom Kommunismus, vom Sozialismus und von den unterschiedlichen gesellschaftlichen Systemen. Wir sollten froh sein, hier zu leben und nicht in einem Land des Ostblocks. Es schwang seine Geschichte mit, die er nach dem Krieg erlebt hatte. Nach seinem Aufenthalt in Budapest war er 1946 nach Wien zurückgekehrt. Er hatte seine Eltern im 2. Bezirk gesucht, aber da waren überall Alliierte in der Stadt, die in Zonen aufgeteilt war, wie Berlin und der Wechsel zwischen den Zonen war nicht so einfach. Als er sich endlich zu seinem Elternhaus durchgeschlagen hatte, waren Russen in der alten Wohnung. Sie wollten ihn nicht hereinlassen. Er zeigte aber auf das Namensschild unter dem neuen Schild, was schon mehrfach überklebt war. Sie verstanden und ließen ihn nach Diskussionen untereinander hinein. Da war eine Familie in seine Wohnung gezogen und von den Eltern keine Spur. Ihre Möbel waren dageblieben, die schöne Anrichte im Wohnzimmer, selbst die Bilderrahmen hatten sie nur neu bestückt. Wo seine Eltern waren, wussten sie nicht. Sie hatten auch kein Interesse, es herauszufinden, denn sie hatten es sich inzwischen hübsch eingerichtet und wollten in Wien bleiben. Dieser Offizier lebte dann mit seiner Familie noch lange dort, länger als die

Russen insgesamt hiergeblieben waren. Von Rückgaberechten für Juden hatte Dad Phil zu dieser Zeit noch nichts gehört. Er wollte nur seine Eltern finden und dann am liebsten nach Israel auswandern. Er träumte davon, in einem zionistischen Staat wie in Herzls „Der Judenstaat" ausgedacht, zu leben. Aber seine Eltern suchte er zuvor noch, und Geld für die Reise zum Auswandern hatte er auch nicht. Wenn die Rote Armee schon nicht weiterhelfen konnte, sollte das Rote Kreuz über die Enttäuschung des verlorenen Zuhauses hinweghelfen. Er erklärte uns, dass er tagelang erst einmal nur durch die Parks Wiens streifte, weil sein Traum der Rückkehr in sein Zuhause so jäh zerplatzt war. Diesen Verlust verband er immer mit den Russen und die Geschichten, die ihm so viele seiner späteren Kommilitoninnen erzählt hatten. Viele waren vergewaltigt worden und bekamen dann nicht mehr so rechtes Zutrauen zu jungen Männern. Sie misstrauten allen, selbst ihm, der doch nur Gutes im Schilde führte. Seine Angebetete konnte irgendwann das Leben mit den Bildern der Vergewaltigung im Kopf nicht mehr ertragen. Obwohl sie Pläne vom Heiraten und Kinderkriegen schmiedeten, hatte sie sich eines Tages das Leben genommen. Darüber kam er nie hinweg und wollte dann keine neue Beziehung mehr eingehen. Er wollte wenigstens ihren gemeinsamen Traum von einer gerechteren Welt leben und nahm ihren zuvor gewählten Studiengang auf, um Lehrer zu werden. Dabei interessierte ihn Geschichte und Philosophie zunächst mehr, aber wie sollte er damit eines Tages sein Brot verdienen? Er war in ihre Fußstapfen getreten und erzog uns, wie sie es sich einmal erträumte und wie die kinderlos gebliebene Fürstin Franziska

Andràssy es für die von ihr gestifteten Heime an der Hohen Warte mit ihrem Mann in ihrem Testament gewünscht hatte.

Für Geschichte interessierten sich bei uns nur die großen Buben, aber bei einem Spaziergang zum Karl-Marx-Hof entbrannte mein Interesse. Was es mit dem Tod der Männer des 12. Februar auf sich hatte, erklärte uns Dad Phil in endlosen Verzweigungen. Ich stellte mir den Stellungskrieg von Arbeitern in den Höfen und Polizisten draußen vor. Tante Gerty hatte mir von den Februarkämpfen aus dem Jahr 1934 in Wien erzählt. Auch ihr Mann war damals von der Staatsmacht umgebracht worden. Vielleicht war mein Großvater auf diese Weise umgekommen? Ich träumte davon, ein Revolutionär zu sein, und wir Jungen diskutierten das. Dad Phil hörte ein paar Tage zu und bemerkte dann trocken: „Und wo beginnen eurer Meinung nach die Menschenrechte der Polizisten? Hätten sie nicht schießen sollen? Wie kann man sich auf die Polizei verlassen, wenn jeder macht was er will?" Das stachelte die Gemüter an. Und so fanden wir uns plötzlich inmitten im Ethik-Politik-Geschichtsunterrichtsgemisch und diskutierten heftig über die „richtige" Demokratie. Was sollte denn eine gute Demokratie haben und wo sind die Grenzen? Über Wochen sprachen wir weiter hin und her und stritten, an welcher Stelle der Geschichte der Weg hätte anders beschritten werden können. Dad Phil gab uns immer neue Einwürfe, die es immer und immer komplizierter machten. Staatsapparat, Gewaltenteilung, Parlament und so weiter. Unsere Köpfe glühten und wir dachten darüber nach, was nun das beste Merkmal für Demokratie ist. Wir kamen zu zwei wichtigen Grundsätzen: Erstens solle jeder so leben können, wie er will, und man solle ihn so lassen wie er ist, weil jeder Mensch ein Mensch seines Menschseins wegen ist und nicht wegen seiner roten Haare oder der Religion oder sonst eines Merkmals. Und zweitens fanden wir, dass alle Menschen mitbestimmen sollten, aber dass diese Beteiligung auch Verantwortung mit sich brächte. Bisher waren wir immer gleichberechtigt gewesen, plötzlich wollten wir einen Sprecher wählen, der uns bei der Heimleitung vertreten sollte. Wir wollten endlich mehr Rechte, wie beispielsweise den Fußballplatz im Garten benutzen dürfen. So wählten wir den Ältesten von uns, der schon kurz vor der Matura stand und immer die schlauesten Dinge gesagt hatte. Er ging hin und von da an durften wir gegen die Jungen aus dem rechten Flügel in kleinen Turnieren antreten. Dies führte zu Spannungen mit Dad Phil, aber er sagte, dass uns dies eine wichtige Lektion sein würde. Dabei wirkte er verstimmt, weil er uns bei sich behalten wollte oder etwas befürchtete, was eintreten könnte, was wir aber nicht deuten konnten. Beim Fußball mussten wir ja immer Regeln aushandeln, das Spiel diente so der angewandten Demokratie: Regeln entwickeln und Verstöße ahnden. Bei den anderen Jungen aus dem rechten Flügel handelte es sich um sogenannte Tschuschen. Das waren Jungens, die aus den slawischen Gebieten, dem Balkan und aus Roma-Familien kamen. Wir merkten plötzlich wieder, wie hart das Leben sein konnte. Die dummen Sprüche zu Rothaarigen waren bei denen, die selbst in der Gesellschaft am meisten unter Ausgrenzung zu leiden hatten, am heftigsten ausgeprägt. Ein Junge weinte eines Abends so, dass Dad Phil uns alle zusammennahm und mit uns redete, warum wir denn alle Rothaarige seien. Keiner konnte dies beantworten. Wir wussten, es hatte mit der Demokratiesache zu tun, damit, dass man andere nicht ausgrenzen dürfte, aber das war nicht alles. „Wir grenzen die anderen ja auch aus. Ihr merkt es doch, wir nehmen keinen der blond oder schwarzhaarig ist auf. Ist das nicht ungerecht?" Wir gerieten wieder ins Grübeln. Unser gewählter Sprecher kam darauf. Er meinte, dass es nur so ein zeitweiliger Schutz sei, damit wir uns von den bisher erlebten Ausgrenzungen erholen könnten. Da setzte Dad Phil an und erzählte uns von den vielen traurigen Geschichten der Juden. Wie sie in die Konzentrationslager gebracht worden waren und wie es in Mauthausen und in Auschwitz war. Er erzählte und wir trafen uns mit Menschen, die die Lager überlebt hatten. Sie berichteten immer mehr solcher Geschichten und wir konnten kaum schlafen. Voller Trauer und Wut hörten wir zu und sahen auf den Straßen die alten Männer und Frauen an und fragten uns, was ihre Rolle im 2. Weltkrieg gewesen sein mochte. Fragen wollten wir nicht, aber wir verstanden: Es muss einen begrenzten Schutz für Menschen geben, die ausgegrenzt werden. Die Juden in der Welt verstanden das so.

Was wir nicht ahnten, dass diese Phase der Geschichtsverarbeitung eine große Veränderung für uns alle einleitete: Dad Phil wollte nicht mehr lange in Wien bleiben. Er sagte uns, dass unser Experiment nicht ewig gehen würde. Die Verwaltung hatte beschlossen, unser Heim räumen zu lassen, er würde nach Israel auswandern und wir in Pflegefamilien verteilt. Er versuchte, uns zu trösten. „Seid nicht traurig, aber dieser Schock mit der Massenvernichtung der Juden und meinem eigenen traurigen Schicksal sitzen tief. In mir habe ich diese große Sehnsucht auszuwandern, und andererseits will ich bleiben und hier alles besser machen."

Eine tiefe Traurigkeit machte sich unter uns Buben breit. Wir hatten Angst, dass alles, was so schön entstanden war, zerbrechen würde. Wieder ein Neuanfang, dass Vertraute verlassen. Aber der weise Dad Phil wusste selbst dafür ein Rezept und riss uns mit einem neuen Projekt aus unserer Trübsal. Er sagte, dass es wichtig sei, Wien mit seinen Musikern kennenzulernen. Und so hatten wir in den kommenden Wochen viel vor. Wir gingen in die Oper und den großen Konzertsaal. Wir lernten die ganzen Instrumente kennen und besuchten auch die Kulissen und Hinterzimmer der Oper. Wir liefen von einer Musikerwohnung zur nächsten und lernten, all die fröhlichen und traurigen Geschichten der Künstler zu deuten. Wieso hatte Schuberts Vater seine Stücke gestohlen? Wollte er wirklich nur Erbschaftssteuern sparen? Warum ist Beethoven so oft umgezogen? Was für ein getriebener Mensch war er während, und was für ein armer Mensch war er doch am Ende seines Lebens? Ein tauber Komponist! Wir hörten auf die Melodien und es waren Wochen und Monate voller Musik in unseren Köpfen und Herzen. Wir lernten zu unterscheiden, und neben den Orchestern und Sängern, hörten wir die Orgeln der Stadt. Wir waren berauscht und stritten über die besten Klänge. Wir lernten, zu differenzieren und nicht nur mit unseren Maßstäben zu messen. Konnten wir doch nicht schnell entscheiden, ob Mozart ein Spieler, ein Liebender, ein Genie oder eben alles miteinander war. Wir waren verwirrt und dann wieder sicher und hörten von den neuen Klängen der Zwölftonmusik. Wir lernten, was Gönner sind und wie Armut in Künstlerkreisen nicht automatisch zu großer Verzweiflung führen musste. Wir lernten unsere Stadt in ihrer ganzen Vielfalt verstehen und begriffen, warum Menschen aus aller Welt hier so beseelt herumliefen und mit großen Augen staunten. Wir öffneten unseren Blick und wir sollten tanzen lernen. Dazu ging Dad Phil mit uns in die Tanzschule bei Zögernitz in der Döblinger Landstraße. Dort wurden Aufnahmen für Tonträger gemacht und man brauchte Beifall. Wir mussten leise sein, zuhören und im rechten Augenblick klatschen und „Bravo" rufen. Es sollte sich wie in der Oper anhören, so dass immer nur einer rufen durfte. Jeder wollte es mal sein, am Ende war ich auf der Platte zu hören und mächtig stolz. Als Dank durften wir mit den Mädchen des Waisenhauses einen Tanz einüben. Nie waren wir so rotwangig, wie in diesen Tagen. Wir hatten alle ein Mädchen und es war extra dafür gesorgt worden, dass es genau aufging, also die richtige Anzahl an Mädchen für uns Jungen zur Verfügung stand. Die kleineren Jungen fanden es nicht so schlimm, mit den Mädchen zu tanzen. Sie hatten die wenigsten Hemmungen und bekamen es am schnellsten hin. Die größeren ab elf oder zwölf Jahren genierten sich. Lange hatten wir keinen Kontakt mehr zum weiblichen Geschlecht gehabt. Wir fühlten uns durch die Hautkontakte wie elektrisiert, wollten näher an die Körper der Mädchen und hatten gleichzeitig vor nichts mehr Scheu. Wir trafen uns über zwei Wochen lang. Schon der Weg zur Tanzstunde war so aufregend, dass wir auf der halben Strecke auf die Toilette in dem Häuschen am Wertheimsteinpark pinkeln mussten. Ich ging einmal hinein und traf dort auf zwei Männer im Alter von Dad Phil. Sie waren mit etwas beschäftigt, dass mich sehr schockierte. Sie hatten sich sexuell miteinander vergnügt und waren so beschäftigt, dass sie mich nicht bemerkten. Ich war erschrocken von dem unerwarteten Anblick. Ich verdrängte das schnell wieder und ging zum Saal. Wir übten die Walzer ein und am Ende ging es überraschend gut. Meine Tanzdame holte ich dann mit ein paar bunten Freesien zum Ball ab und führte sie bis zum Saal und nach dem Ball auch wieder nach Hause. Ich wollte sie küssen, aber auch die anderen „Herren" führten ihre „Damen" nach Hause und da es für alle das gleiche zu Hause war, gab es keine Gelegenheit für den ungestörten Austausch von Zärtlichkeiten. Vielleicht war ich einfach zu jung und zu wenig gewieft, denn sicher hätte ich auch einen Umweg gehen können und die Chance hätte sich ergeben, aber darauf waren nur die älteren Jungen gekommen. Wir wunderten uns noch, warum sie früher den Ball verlassen hatten, und waren selbst bis zum letzten Lied geblieben. Nun mussten wir mit der Erinnerung an die tiefen Augenblicke, die Hautabdrücke, die unbekannten Düfte, versuchen einzuschlafen. In uns erwachte eine ganz neue Neugier auf das Leben, die mich sehr unruhig machte.

Wir redeten dann mit Dad Phil etwas über das Gründen von Familien, wie man sich verheiratet und was alles dazu gehörte, aber er sagte, dass er da nicht der richtige Ansprechpartner für uns sei. Er lenkte uns dann schnell ab, von den Gedanken an die Mädchen, indem wir viel durch die Stadt streiften. Er meinte, dass wir noch eine wichtige Lektion lernen müssten. Es ging ihm um die Mathematik und Physik. Er stellte uns Aufgaben, die wir in kleinen Gruppen lösen mussten. Wir sollten beispielsweise am schnellsten am Stephansdom erscheinen. Vorne am Eingang und er war dann auch dort. Wir sollten die Zeiten nehmen und die Geschwindigkeiten ausrechnen, in denen wir uns dorthin bewegt hatten. Das Gleiche taten wir mit Höhen. Dazu erkletterten wir alle möglichen Türme und dann später im letzten Sommer liefen wir durch alle erdenklichen Winkel des Wiener Waldes. Wir übernachteten im Wald, suchten Beeren und badeten im Krapfenwaldlbad. Wir bewunderten dort die Kiefern und den Blick in den Kessel der Stadt. Wir errieten die Entfernungen und testeten unser Wissen über die Stadtteile Wiens. Jeder wusste irgendetwas, wir trugen es zusammen und hörten den vertrauten Stimmen zu, schon in der melancholischen Stimmung der bevorstehenden Veränderungen. Wir wollten diese aber nicht besprechen und wenn wir hörten, wie unsere vertrauten Bettnachbarn sich in den Schlaf weinten, versuchten wir nicht selbst mit Weinen anzufangen. Oben auf den Höhen des Cobenzls genossen wir die süßen Wunder Wiens und vom Kahlenberg sahen wir in die Ferne. Auf einer Wanderung in das Stift Klosterneuburg lernten wir vieles über Heilige und staunten über die Schönheiten des Verduner Altars. Wir lernten viel über Straßenbau und warum er, während politisch schwierigeren Zeiten, vorangetrieben worden war. Beim Weg hinab die Krapfenwaldgasse hinunter nach Grinzing staunten wir über die Häuser der Reichen, die keine Namensschilder an den Klingeln hatten, und die immer im Haus zu sein schienen. Niemals sahen wir Leute das Haus verlassen, außer den Angestellten, die wir neugierig musterten. Sie zeigten kein Interesse und sahen über uns hinweg. Sie waren richtige Perlen der Häuser und verrieten nicht einmal in ihrem Blick, ob die Arbeit angenehm oder anstrengend gewesen war. Wir wunderten uns über diese Lebensform im Inneren und Äußeren dieser Häuser. Der Blick über die Weinberge machte uns neugierig auf den Wein und doch sagte uns Dad Phil, dass wir uns mit dessen Genuss noch Zeit lassen sollten. Wir prägten uns all die Farben der aufgehenden und der untergehenden Sonne dieses Sommers ein. Wir erlebten die vorbeiziehenden Wolken, die sich häufiger veränderten, als wir bis dahin wahrgenommen hatten. Wir sahen die verschiedenen Phasen des Mondes, die den Sommer im Rückblick endlos erscheinen lassen, in einem tiefen Bewusstsein. Wir liebten das Zirpen der Grillen und lachten über herumwandernde Steinmarder, die sich unter Autos schwangen und die Bremsleitungen anbeißen würden. Wir liebten und genossen unser Leben, wie nie zuvor und wahrscheinlich viele von uns nie danach.

Doch dann kam der Abschied und alles so schön und vertraut und heimisch Gewordene, nahm ein jähes Ende. Es war in der letzten Augustwoche. Alle verabschiedeten sich tränenreich voneinander. Es kamen andauernd Leute ins Heim und holten Jungen ab. Dad Phil gab uns mit auf den Weg, dass wir ihn eines Tages in Israel im Kibbuz Givat Haviva besuchen könnten. Wir hielten das für ein reines Vertrösten, weil wir uns nicht vorstellen konnten, dass wir jemals aus Österreich herauskommen würden.

Im Sommer 1976, ich war noch keine vierzehn Jahre, war es vorbei mit der rothaarigen Jungengruppe. Ich wurde von einer lutherischen Pfarrfamilie geholt. Ich hatte plötzlich vier ältere Geschwister. Keiner war rothaarig in der Familie, sondern alle waren straßenköterblond, also in so einem blond, was weder blond noch braun sein wollte und irgendwie bescheiden wirkte. Alles wirkte jetzt bescheiden. Es ging ruhig zu im Pfarrhaushalt. Alle redeten immer mit einer leicht gedämpften Stimme, aber sehr freundlich und zugewandt miteinander. Manche waren versonnen und ich traute mich nicht, jemanden anzusprechen. Die Mutter schien leicht überarbeitet, aber zupackend, überhaupt machte immer jeder mit und es wurde nicht lange diskutiert, was zu tun sei. Ich fügte mich ein. Ich hatte gelernt, dass es nichts brachte, sich lange gegen das Schicksal zu wehren, so ging es schneller. Abends weinte ich in mein Kissen den ganzen Weltschmerz. Ich verfluchte den Wein, der meiner Mutter das Leben genommen und Dad Phil, der uns im Stich gelassen hatte. Ich weinte den Buben nach und fragte mich, wo sie wohl untergekommen waren. Meine neue Familie versuchte mich so normal, wie möglich zu behandeln. Sie taten einfach so, als gehörte ich dazu. Trotzdem war ich sehr ruhig und reserviert. Ich lebte mich ein, so gut es eben ging. Immerhin wohnte ich jetzt sehr schön im Inneren Wien in der Dorotheergasse in dem ehemaligen Kloster, das die Lutheraner bekommen hatten. Es gab jeden Sonntag um 10 Uhr einen Gottesdienst, den ich selbstverständlich zu besuchen hatte. Ich fand die Menschen dort alle etwas langweilig angezogen und das Evangelium eigentlich fröhlicher, als dass, was die Gottesdienstbesucher ausstrahlten. Ständig diese getragenen Stimmen, als sei Glaube für sie eine schwere Bürde.

Nach den Sommerferien musste ich in eine Schule gehen. Meine neuen Eltern entschieden, dass die evangelische

Schule am Karlsplatz für mich geeignet sei. Keiner vermochte meine bisherigen Leistungen richtig einzuschätzen. Wir hatten von Dad Phil keine Noten und keine normalen Zeugnisse bekommen. Ich hatte lediglich eine verbale Einschätzung über meine Stärken und Schwächen vorzuweisen. Niemand konnte das so richtig verstehen. Alle, denen ich erzählte, wie unser Unterricht verlaufen war, schüttelten nur erstaunt den Kopf. Ich kam in eine Art Mittelstufe und war älter als die Jungen dort. Leider, ich war für die Jungen fremd und blieb es. Dafür konzentrierte ich mich auf das Lernen. Dad Phil hatte jeden Abend bei offener Tür auf seinem Bett gelegen und gelesen. Wir durften zwar immer zu ihm kommen, aber wir hatten auch gesehen, dass es ihn glücklich gemacht hatte. Ich versuchte ihn nun nachzuahmen und musste von der Schule her ohnehin einiges nachholen. Immer wieder wurde ich zu Tests aus dem Unterricht genommen, um herauszufinden, was ich konnte und was noch nicht. Ich wurde wie ein seltsames Phänomen beäugt. Es kam heraus, dass ich viel wusste, aber nicht in die vorhandenen Raster sortieren konnte. Ich konnte komplexe Aufgaben lösen, aber einfache nicht. Mir fehlte der Zugang zu Aufgaben, die Aufgaben um der Aufgaben willen waren. Ich erkannte zunächst nicht einmal, dass es Aufgaben waren, weil sie zu nichts in der Welt in Beziehung zu stehen schienen. Ich kannte auch kein Tafelwerk und keine Wörterbücher. Mir wurde nach den Tests ein Lehrplan verordnet, dass ich Latein, Englisch und den Umgang mit Nachschlagewerken aller Art erlernen sollte. Das war für mich gut und nach zwei Jahren hatte ich alles vermeintlich und wirklich Versäumte nachgeholt. Meine neue Familie war stolz auf mich und sie ließen mich immer mehr Aufgaben in der Familie übernehmen. Es klingelte oft bei uns. Ich wurde eingewiesen, wie ich mich verhalten sollte. Zunächst sollte ich nicht laut herumschreien, sondern gediegenen Schrittes nach dem Herrn Pfarrer suchen und die Gäste in den dafür vorgesehen Raum bitten. Ich suchte dann immer schnell und mein Herr Pfarrer kam möglichst zügig. Dann durfte ich dabeibleiben und lauschen. Meist tat ich so, als lese ich ein Buch. Das störte die Gäste nicht so. Die meisten kamen schnell auf den Punkt. Sie wollten etwas Geld. Es waren häufig Bettler, die oft kamen. Dann schickte mich der Pfarrer, um Essen und Getränke zu besorgen. Ich holte das in der Küche immer bereit gehaltene Tablett mit Kaffee, heißem Wasser für Tee und ein paar Plätzchen. Meist half das schon und die Bettler zogen weiter. Es tat ihnen sichtlich gut, angehört zu werden. Der Pfarrer fragte die Menschen, wie sie in ihre Lage gekommen seien. Die Geschichten klangen ähnlich. Sie waren Männer mittleren Alters, geschieden und auf den Dörfern war das ein Makel. Also hatten sie sich in die Stadt aufgemacht. Aber dort war es nicht einfach, Arbeit und eine Wohnung zu finden, so schliefen sie mal hier mal dort und brauchten nun zwischendurch etwas Ruhe. Die Angebote der Innenstadtkirchen waren aufeinander abgestimmt und es gab einen kleinen Handzettel, wo man sich für Schlafstellen und sonstige Hilfen hinwenden konnte. Meist wussten das die Männer schon, aber wir gaben die kleinen Zettel immer noch einmal mit. Besonders häufig klingelte es in der Adventszeit. Ich fand das schön und setzte mich in den Raum, wo nun auch meine älteren „Geschwister" und meine „Mutter" waren. Sie musizierten mit Adventsliedern und die Menschen wurden bunter und kamen und gingen und stimmten ein oder hörten nur eine Weile zu. Alle wurden ganz gefühlsduselig, aber es herrschte unter dem Tannenbaum schon eine adventliche Stimmung. Die Krippe war vorbereitet, aber noch leer. Die gesammelten Chöre übten seit Wochen das Weihnachtsoratorium und ich konnte jeden Ton inzwischen genau treffen. Es war beim ersten Weihnachten noch neu, beim zweiten ganz schön, beim dritten Weihnachten sehnte ich mich bei jedem weiteren Hosianna zur Ruhe der Hohen Warte zurück. Aber es war nicht zu ändern. Es wurde auf die Ankunft Jesu gewartet, da konnte wenig Rücksicht auf meine individuellen Jungenbedürfnisse genommen werden.

Ich hatte auch mit der Schule genügend zu tun. Ich war seit dem Herbst ins Gymnasium in der Rahlgasse gewechselt, als einer der ersten Buben dort. Plötzlich hatte nach einer Ära voller Mädchen die neue Direktorin verkünden lassen, dass nun die Zeit zur Koedukation angebrochen sei. Meine neue Mutter fand das passend für mich. Ich sei so ein weichherziger Bub, der ruhig zu den Mädchen gehen könnte. Der dahinterstehende Fortschrittsgedanke der Schule war ihr gar nicht aufgefallen. Plötzlich änderte sich für mich alles. Ich traf einige Mädchen aus der Hohen Warte 5 wieder. Ich freute mich jeden Morgen schon beim Aufwachen, in die Schule zu gehen. Den ganzen Vormittag mit ihnen in einem Raum zu sein, erweckte meinen Geist. Ich wollte zeigen, was in mir steckt und diese Schule ermöglichte das für mich Beste. Hier war das Lernen wieder ganzheitlich geprägt. Diskurskultur wurde ausprobiert und ich konnte mit meinen Erfahrungen in den Kreisen bei Dad Phil allerlei beitragen. Ich wusste, worauf es beim gemeinsamen Lernen ankam, und die Mädchen waren begeistert von mir. Ich war durch mein begeistertes Schwimmtraining inzwischen zu einem muskulären jungen Mann geworden. Die Mädels himmelten mich zu meiner eigenen Überraschung an. Ich entdeckte mein Talent zum Erklären und vergaß dabei das aufmerksame Zuhören nicht. Die Lehrerinnen und Lehrer freuten sich, dass ihre Idee zur Koedukation so gut aufgegangen war. Ich lernte von den Mädels viel in Chemie, was ich noch nicht so gehabt hatte. Mich interessierte Geschichte und Politik und die Menschen mit ihren Geschichten, nicht die Naturwissenschaft, die ich zwar verstand, aber öd' fand. Deshalb ließ ich mir von den Mädels nach und nach ihre Lebensgeschichten erzählen. Sie buhlten darum, mich zu sich nach Hause einzuladen, und wollten mir alles noch genauer zeigen. Ich nahm zunächst zögerlich an und wollte keinen Ärger mit meinen neuen Eltern. Sie sagten, dass ich sie ja nicht unsittlich anfassen sollte, was ich bereits wusste und ich wollte vor allem selbst keine schlechte Stimmung in der Schule. Hätte ich mit einem der Mädels etwas angefangen, wäre schnell die Stimmung im Eimer gewesen. Ich war zu sensibel geworden, als dass ich diese aufregende Situation verspielt hätte. Es waren abwechslungsreiche, lehrreiche Jahre mit all diesen Mädchen, die unter meinen schwärmerischen Blicken zu jungen Frauen heranwuchsen. Ich konnte auch ohne Berührungen die Veränderungen entdecken. Zumal sie alles daransetzten, dass ich das zur Frau werden, unter den enganliegenden Pullis und kurzen Blüschen wahrnahm. Es gab eine Zeit mit heftigen Liebesbriefen. Ich erwiderte sie nach Bedarf mit Zitaten aus Rilke oder der

Bibel. Die Wirkung war eindeutig. Manchmal war ich richtig erleichtert, dass die Ferien kamen und etwas Ruhe und Abstand in meinen Alltag einkehrte. Oft lebten die Mädchen in anregungsreicher Umgebung ihrer Elternhäuser, reisten durch halb Europa, so dass ich schnell aus ihren überhitzten Herzen wieder entkam, weil neue Herzbuben in ihr Leben getreten waren. Nur die eine hatte es mir angetan. Es war das Mädel aus der Tanzstunde. Ich verabredete mich mit Ruth. Wir trafen uns am Toilettenhäuschen des Wertheimsteinparks. Nach einem sehnsüchtigen Blick zu unserer alten Heimat gingen wir Hand in Hand durch den Park. Wir setzten uns auf eine schattige Bank und waren einfach beieinander. Wir redeten über unsere Zukunft. Sie wollte Erzieherin werden, eine bessere als sie je eine hatte und ich Lehrer, so einer wie Dad Phil. Wir hielten unsere Treffen geheim. Wir hatten keinen wirklich guten Ort, an dem wir ungestört waren. Unsere Träumereien über ein Studium in Wien genügten uns, weil wir spürten, dass wir das ganze Leben noch vor uns hatten. Meine neuen Eltern bemerkten meine Veränderung und luden Ruth zu uns ein. Sie wurde ziemlich neugierig von allen befragt. Ich fand das ungehörig. Sie war nicht einer dieser Bettler, sie war doch meine Freundin. Was ging die das an? Als aber die Frau Mutter nach der Religion fragte, war es nach der Antwort, dass sie Jüdin sei, sehr still. Der Herr Pfarrer faselte etwas aus Luthers antisemitischen Schriften, mir wurde ganz elend. Wie rückschrittlich und unaufgeklärt war dieses protestantische Pfarrhaus. Erst wurde allen Menschen die Tür geöffnet und dann durften es plötzlich nur Christen sein. Plötzlich waren Juden nicht mehr als die Jesusmörder? Ruth war ganz bleich und ich entsetzt. Wir ließen die Mahlzeit vorübergehen und trafen uns ausschließlich im Park. Ab da fühlte ich mich nur noch zu Ruth hingezogen, und die gesamte sonstige Welt verschwamm hinter einem grauen Nebelschleier. Ich lernte für die Matura, schaffte alles mit Bravour und erntete dafür das Lob meiner, von protestantischer Arbeitsethik getriebenen, neuen Eltern. Ich sollte aber gleichzeitig nicht arrogant werden. Ein Lehrerstudium befürworteten sie und die Universität Wien nahm mich ohne Probleme zum Wintersemester 1982/83 auf. Ruth hatte es auch geschafft. Sie hatte ein kleines Zimmer in einer Wohngemeinschaft, so dass ich nun viel Zeit mit ihr und wir gemeinsam mit Lernen zubrachten. Wir studierten zügig und beendeten diesen Lebensabschnitt beide erfolgreich. Ich wurde Lehrer in der Rahlgasse und sie Erzieherin in einem Wiener Mädchenheim im 2. Bezirk. Wir zogen in unsere erste gemeinsame Wohnung und blickten rosig in die Zukunft. Alles lief bestens. Wir wünschten uns Kinder, doch es klappte nie mit einer Schwangerschaft. Wir hofften und bangten, aber lebten auch das zweisame Leben gemeinsam, so Woche für Woche dahin. Wir fuhren in den Ferien in die Berge und waren miteinander glücklich.

Währenddessen änderte sich um uns herum die Gesellschaft zunehmend. Es wurde offener diskutiert in Wien. Die Waldheim-Affäre ist längst Geschichte, doch plötzlich wieder hochaktuell. Das Gesichtsverhüllungsverbot ist per Gesetz eingeführt. ÖVPler regieren mit FPÖlern gemeinsam, fast wäre ein seit Jahren bekannter Nationalist Präsident geworden. Über Schwarze, Juden, Muslime und Menschen anderer Minderheiten wird immer offener als ‚den Ausländern' diskriminierend geredet. Immer häufiger kommen politische Vorschläge, die noch vor einigen Jahren undenkbar gewesen wären. In Niederösterreich werden Judenzählungen offen diskutiert. Koscheres Fleisch soll nur noch bei ausreichendem Religionsbezug gekauft werden dürfen. Tierschützer und Neu-Nazis argumentieren fröhlich gemeinsam und das innere Klima in Europa wird, trotz äußerer Klimaerwärmung, zunehmend kühler. Es trennt sich immer mehr Spreu vom Weizen. Außerdem werden wir das Gefühl nicht los, dass immer mehr reiche Leute aus aller Welt nach Wien kommen, die Häuser wie beim Turmbau zu Babel in die Höhe schießen und die Verdichtung von Wohnraum überall zu bedrückender Enge führt. Unsere Hohe Warte Häuser 3 und 5 sind trotz Schenkung an die Stadt Wien mit Stiftungszweck als Waisenhäuser, an zwielichtige Geschäftsleute oder an für die UN arbeitende Chinesen verscherbelt worden. Die eingenommenen Millionen reichten dann komischerweise in der Folge trotzdem nicht mehr für andere soziale oder kulturelle Aufgabenerfüllung aus. Weder wurde das Döblinger Schlössl mit der Kultur der vormaligen Salons von Wertsteinheims weiter geöffnet, noch konnten ein paar Flüchtlinge aus dem Mittelmeer gerettet werden. Alles geht schleichend die Donau hinunter. Verstehen Sie? Ich brauche das Geld für ein Systemlottospiel. Ich kann diesen Jackpot knacken und mir wenigstens das Haus Hohe Warte 3 von den Chinesen zurückholen. Dann kann ich versuchen, zu sein wie mein Lehrer Dad Phil, und Kindern ein richtiges zu Hause geben. Die Stadt Wien hat es nicht nötig derzeit, das wäre der Gräfin Andrássy und anderen großzügigen Stiftern sicher ein Dorn im Auge gewesen. Ich möchte nur ein bisschen mehr Verantwortung übernehmen, jetzt, heute, hier!"

Er schaute mich an, sah die Tränenspuren in meinem Gesicht, nahm das Geld aus dem Deckel der Bonbonniere und eine letzte Mozartkugel, stand auf, umschloss meine gefalteten Hände mit seinen und ging zügig hinüber zum Trafikladen an der Ecke.

II.

Nach einigen Minuten kam er strahlend aus dem Laden. Ich saß immer noch auf der Bank. Ich befand mich in einer Stimmung zwischen Fassungslosigkeit gegenüber meiner eigenen Dummheit und dem Gefühl eines Kindes, etwas Verbotenes getan zu haben, was bald aufgedeckt würde. Ich war nicht besonders glücklich und versuchte, mir vor Augen zu führen, was denn passiert sei. Ich kam schnell darauf, dass ich nur von einem schlitzohrigen Menschen geschickt aufs Glatteis geführt worden war, und das im Hochsommer. Es war nur Geld, mein Geld zwar, aber nicht so viel, dass ich es nicht verkraften konnte. Ich begann, es wieder als Abenteuer zu sehen, und dachte an die Jungen und Dad Phil und die interessanten Geschichten, die ich jetzt kannte und die mir niemand mehr nehmen konnte.

Mein neuer Freund kam selig lachend herüber und lud mich ein: „Kommen Sie doch morgen Nachmittag um 17 Uhr an diesen Ort, dann werden Sie sehen, wie ich hier, wie der fröhlichste Mensch der Welt sitzen werde! Dann kann ich Ihnen weitererzählen, aber jetzt muss ich los!" Ich erwiderte mit einem Augenzwinkern: „Sie brauchen wohl morgen neues Geld, aber sonntags sind die Lottoläden geschlossen." Er riss die Augen weit auf und sagte: „Ich dachte, Sie glauben mir, wieso nur sind Menschen so?" Er ging nun traurig davon und ich fühlte mich ein wenig, als wäre ich wirklich ungerecht gewesen. So saß ich noch eine Weile allein und ließ die vergangenen Stunden durch meinen Kopf gehen. Was für eine Begegnung? Gab es morgen noch eine Fortsetzung? Zur Ablenkung stand ich auf, schüttelte mich kurz und ging entschlossen meine touristischen Ziele an und begann mit einem Gang durch und auf den Stephansdom. Für eine Weile klappte das mit der Ablenkung. Doch der Mann mit seiner Geschichte ging mir bis tief in die Nacht nicht aus dem Sinn. Ich fuhr auf dem Weg in meine kleine Wohnung in Sievering an der Hohen Warte vorbei. Ich sah die Baubewegungen und war schockiert vom Umfang der Baumaßnahmen. Mir fielen auch die traurigen Gestalten der Denkmäler mit dem Medaillon der Fürstin Andrássy ins Auge. Ich fragte mich, warum das Heim insgesamt geschlossen war und ob wirklich die Geldlust der Stadt Wien zum Verkauf geführt hatte. Eine einmalige Einnahme ist zwar in Zeiten leerer Kassen oft verlockend, aber Städte und ihre Stadtväter denken doch langfristiger. Gerade Wien mit seiner roten Vergangenheit und den vielen sozialen Einrichtungen konnte da nicht so anders agieren, aber wer weiß, wie hoch die Angebote waren.

Einen Sonntag in Wien beginne ich immer mit einem Gang zur heiligen Messe in St. Augustin. Die Augustinermönche, besonders Bruder Nikolaus, halten gute Predigten. Sie sind herzlich, der Weihrauch duftet besser als in St. Stephan, es gibt hochklassige Musik. Es ist einfach der beste Start, den ich mir in eine Woche vorstellen kann. Die Orgel wird mal mit Gesang, mal mit anderen Instrumenten begleitet und unterstützt den kontemplativen Charakter der Gottesdienste sehr. Beschwingt und kraftvoll trete ich dann in die Innenstadt voller Touristen. Ich selbst fühle mich schon fast einheimisch hier, was natürlich bei nur sechs Besuchen der letzten Jahre eine vollkommene Übertreibung ist. Ich fühle mich sicher in meinen Gängen durch die Stadt. Ich kenne die kleinen Gässchen und viele Winkel, erinnere viele

Erlebnisse und entdecke kleine Veränderungen. Am Sonntag gehe ich am liebsten gleich in der Dorotheergasse ins Café des Jüdischen Museums und esse etwas Leichtes. Dieses Mal laufe ich verändert vorbei an der Evangelischen Kirche. Sonst hat mich ein kleines schlechtes Gewissen bedrückt, dass ich doch eigentlich dorthin und nicht zu den Augustinern gehen sollte, weil ich lutherisch getauft bin. Das konnte ich schnell abschütteln. Jetzt war es anders. Ich ging gleich zum nächsten Gottesdienst hinein und war doch nur auf den Spuren des Mannes, der mich so geschickt ausgenommen hatte. Ich erkannte die Zugänge zur Pfarrwohnung und stellte mir vor, wie ein rothaariger Junge hier ein- und ausgegangen war. Ich war verwirrt. Je mehr ich mir vornahm, der Begebenheit keine weitere Bedeutung beizumessen, desto mehr drängte sie sich mir ins Bewusstsein. Ich verließ den Gottesdienst nach der Predigt, die auch gar nicht übel war. Ich aß meinen veganen Burger, nahm gleich noch einen kleinen Mokka im Bräunerhof und spazierte durch die verschiedenen Teile der Hofburg in Richtung Maria Theresia ins Kunsthistorische Museum. Dort vergaß ich kurz die Erlebnisse des Vortages zwischenzeitlich durch das Betrachten der von Gustav Klimt gestalteten Wandmalereien. Doch das Vergessen hielt nicht lange an, so beschloss ich, mal nachzuschauen, ob um 17 Uhr jemand auf der Bank hinterm Stephansdom sitzen würde. Ich machte mir nicht viele Hoffnungen, aber wenn ich nicht nachsehen würde, hätte ich keine Ruhe. So gut kannte ich mich. Außerdem hatte ich noch drei lange Wochen Aufenthalt vor mir, genügend Zeit, alles langsam anzugehen.

Am Graben fing mein Herz schon heftig an zu schlagen. Ich zwang mich, nicht schneller zu laufen und die Schönheiten der Architektur aufzusaugen. In den langen Phasen des Schuljahres hatte ich jeden noch so drittklassigen Film mit Schauplätzen Wiens angesehen, um die Sehnsucht zu stillen. Jetzt konnte ich Wien wieder mit eigenen Augen sehen, das musste ich doch genießen. Doch was tat ich? Ich lief einem Bettler nach. Ich kämpfte meine Konflikte nieder, hoffte auf ein Wiedersehen und setzte mich auf die Bank. Die mächtigen Kirchenglocken schlugen an – 17 Uhr – und ich saß allein da. In mir stieg sofort Ärger über meine Naivität auf. Jetzt hatte mir dieser Fremde nicht nur mein Geld, sondern auch meine ganze Urlaubsfreude der ersten zwei Tage zerstört. Da stand er plötzlich wie aus dem Boden gewachsen vor mir. In frischer Kleidung, rasiert, frisiert und über das ganze Gesicht fröhlich strahlend stand er da. „Ich habe den Jackpot geknackt! Es waren 43 Millionen Euro, ich war der Einzige, ich habe gerade die Quoten gesehen. Ich bitte Sie, deshalb sehr mein Zuspätkommen zu entschuldigen!" Er setzte sich und ich sah ihn fassungslos an und erwiderte: „Das ist doch ein Scherz!" Er strahlte über das ganze Gesicht: „Nein, ich habe doch gesagt, dass ich eine todsichere Methode entwickelt habe. Ich bin mathematisch sehr begabt, aber das hatte mich nie wirklich interessiert. Jetzt hat es mir endlich einmal etwas gebracht. Ich bin so unfassbar glücklich."

Ich brauchte einen Moment, um zu begreifen, was hier gerade passierte. Ich hatte tatsächlich einen Menschen dazu verholfen, Lottomillionär zu werden. Wie sollte ich damit umgehen? Ich selbst wäre auch lieber von täglicher Arbeit befreit, an die Möglichkeit des Lottospielens hatte ich früher manchmal gedacht, aber bei ein paar kläglichen Versuchen, die geradeso die Einsätze wieder herausholten, war es geblieben. Ich bin überzeugt, dass ehrliche Arbeit eine gute Sache ist und dass man Reichtum nicht so ohne weiteres bekommt. Meist kommen dann ganz andere Probleme hinterher und das letzte Hemd hat ohnehin keine Taschen. Warum sollte ich solch einem Hirngespinst nachjagen? Ich hatte doch ein gutes Leben. Doch jetzt, so direkt neben mir, durch meinen Einsatz, war die Forderung nach der Hälfte doch irgendwie verlockend. Nein, sagte ich mir. Das will ich nicht. Ich sah mir meinen, nun so anders als gestern wirkenden Banknachbarn an. Er sah erwartungsfroh auf mich und plauderte los: „Wissen Sie, ich bin so dankbar. Gleich morgen hole ich den Gewinn ab und sie bekommen ihren Einsatz zurück. Wir treffen uns einfach wieder hier zur gleichen Zeit. Sie entschuldigen mich jetzt bitte, ich muss los."

Er nahm flink seinen Hut und ging. Ich blieb fassungslos zurück. Mein Kopf hatte wirklich Mühe zu verstehen, was da gerade passiert war. Das gibt's doch gar nicht. Kann ein Mensch so viel Glück haben? Welche Mächte waren da im Spiel. Mein sonst so geordnetes Lehrerinnenleben war innerhalb von nur einem Tag vollkommen aus der Bahn geschossen. Nach einer Weile macht ich mich auf den Heimweg. An touristische Ausflüge war nicht mehr zu denken. Denken – gutes Stichwort. Mein Kopf ratterte unaufhörlich. Immer wieder sah ich ihn vor mir und seine Geschichte flatterte durch mein Hirn. Wieder hatte ich eine Nacht voller Unsicherheiten und Qualen. Ich musste mich erst einmal richtig ausschlafen, dabei träumte ich wirres Zeug, wachte ständig auf. Träumte und träumte und immer wieder kam dieser neue Mensch in den Träumen vor. Alle Lebensphasen vom kleinen Jungen bis heute träumte ich. Ich stand im Morgengrauen auf, ging ins Döblinger Bad, schwamm alle verbliebene Energie aus mir heraus und konnte danach wenigstens noch etwas erholsamen, traumlosen Schlaf bekommen. Ich nahm mir vor, am Nachmittag noch einmal zur Bank zu gehen und endlich seinen Namen zu erfragen, denn das ist bei all dem vollkommen untergegangen. Das musste man sich mal vorstellen. Ich schenkte einem Fremden Geld für einen Lottoschein, er knackte den Jackpot, verschwand und ich kannte nicht einmal seinen Namen.

Die Story sollte noch nicht zu Ende sein. Dieses Mal saß er schon da. Ich sah ihn schon von weitem auf der Bank sitzen. Ich war wie elektrisiert. Er hatte einen weißen Umschlag in der Hand, den er mir überreichte und ihn dabei geöffnet vor mein Gesicht hielt. Ich sah viele Scheine. Es waren 1000 Euro darin. „Das ist doch zu viel", protestierte ich. „Dann gib es doch Bedürftigen", lautete seine Antwort und er zwinkerte vergnügt. „Wie heißen Sie eigentlich?" Ich wollte nicht wieder dumm dastehen. Keinen Fehler zweimal machen. „Und warum schaust Du so abgerissen aus, wie ein Bettler?" Seine Antwort klang seltsam: „Denk Dir einen Namen aus!" Was hatte das nun wieder zu bedeuten? Hatte er Angst oder etwas zu verbergen? Ich gab ihm als Vertrauensbeweis meinen Zweitnamen Elisabeth und bat ihn, wenigstens seinen Vornamen zu verraten. „Meine Mutter rief mich Johannes, alle anderen haben Hans zu mir gesagt." Nun hatte der Fremde mit der ungewöhnlichen Geschichte wenigstens einen Namen. Ob er echt war? Seine Augen zeigten keine Lüge an.

Er erzählte mir von der Einlösung des Lottoscheines und wie höflich plötzlich alle zu ihm gewesen seien. Ich erklärte etwas Oberlehrerinnenhaft, dass es an seinem Äußeren liegen würde. Mit gepflegtem Äußeren wird man doch einfach besser behandelt. Er erwiderte: „Sehen sie, deshalb war ich bis gestern so, wie ich war, ich wurde gar nicht mehr als Mensch wahrgenommen. Das hatte auch seine guten Seiten. Ich habe viele Menschen so kennengelernt, wie Menschen sind, wenn ihnen die äußere, schützende Schale genommen wurde." In mir regte sich Widerstand und ich replizierte „Was für ein Quatsch, ich betrachte die Menschen nicht so oberflächlich." Er schmunzelte nur und sagte: „Wissen Sie noch, wie sie vor zwei Tagen Abstand von mir gehalten und Bedingungen gestellt haben?" Beim Siezen waren wir vorsichtshalber trotz des Austauschens der Vornamen geblieben, vielleicht auch aus nun schon vertrauter Gewohnheit. Ich musste zugeben, dass ich auch Vorurteile über Bettler und Obdachlose habe und davon nicht frei bin. Hans sagte, dass er diese Verkleidung gewählt hatte, weil er die Menschen noch besser verstehen wollte. Er wollte nur um seiner selbst Willen angesehen werden. Ich fand den Gedanken interessant, konnte ihm aber nicht weiter nachgehen, da ich mir vorgenommen hatte, genau zu fragen, was er nun plante. Ich fragte forsch: „Hans, was haben Sie mit dem Geld vor?" Er blickte erstaunt und entgegnete mir: „Ich dachte, dass ich Ihnen das bereits erzählt habe. Ich will die Hohe Warte 3 kaufen!"

Ich erzählte, dass ich in der Nähe meine Sommerresidenz habe und dass ich es für aussichtslos hielt, diese Riesenvilla zurückzubekommen. Die Chinesen arbeiteten sogar an den Sonntagen am Umbau und waren sicher nicht gewillt, das Ensemble wieder herzugeben. Er sagte: „Wir werden sehen! Ich muss Termine machen, dann kann ich es Ihnen ja berichten. Sehen wir uns morgen wieder hier?"

Ich wollte eigentlich alles, nur keinerlei terminliche Verpflichtungen während meiner Ferien. Ich brachte es nicht übers Herz, dem offenen, zuversichtlichen Blick eine Absage zu erteilen. Ich nickte leicht und war unsicher, ob ich das wirklich weitertreiben oder etwas konsequenter sein und einfach nicht mehr hingehen sollte. Jetzt hatte es sich doch eigentlich alles zum Guten gewendet. Er ging und ich las in einem Roman, den ich mir für die Ferien vorgenommen hatte. Dann schlenderte ich vor dem Eintreten der Dämmerung die Kärntner Straße hinunter, nahm einen kleinen Mokka im Café Sacher und ging pünktlich zum „Kino unter Sternen" an der Karlskirche. Das Gespräch mit dem Regisseur und der Leiterin des Filmfestivals vor der Projektion des alten österreichischen Filmes, brachte mich endlich auf andere Gedanken.

Den nächsten Tag plante ich von Beginn an so, dass ich um 17 Uhr auf „unserer" Bank sitze. Er kommt pünktlich, wirkt aber nicht fröhlich. „Die Chinesen wollen die Anfrage prüfen, haben mir aber wenig Hoffnung gemacht," schilderte er seinen Termin bei der Immobilienverwaltung.

Hans erzählt mir, dass er einen Termin bei der Immobilienverwaltung der UN mit den Chinesen hatte, und dass sie die Anfrage prüfen würden. Er würde von ihnen hören. Entsprechend niedergeschlagen war er. Ich versuchte, ihn aufzumuntern, indem ich ihm erzählte, dass die Villa Hohe Warte 13 für unter sieben Millionen zu haben sei. Als Plan B akzeptierte er das zwar, aber es sei eben nicht das Gleiche. Er meint, dass er das Dad Phil, den Kindern von früher und sich selbst schuldig sei. Ich verstand nicht komplett, was er sagen wollte und worin seine Verantwortung genau bestehen sollte. Ich kenne es selbst zu gut, dass ich oft zu viel Verantwortung verspüre. Ich kann nicht alle meine Schülerinnen und Schüler vor allem Übel der Welt beschützen, aber ich will wenigstens mein Möglichstes getan haben. Manchmal spüre ich, dass das in der eigenen Überforderung enden könnte. Zu selten erfahre ich, was aus den Schülerinnen und Schülern im Erwachsenenalter geworden ist. Zu oft nimmt der Alltag so viel Raum ein, dass der notwendige Abstand zum Reflektieren über Erlebtes kaum gelingt. Hans unterbricht mein Grübeln: „Ich will es selbst noch besser machen als Dad Phil. Ich habe ihn in Israel besucht. Er kämpft weiter in dem Kibbuz um Jugendliche in Israel und den besetzten Gebieten. Er setzt seine ganze Energie für Frieden ein, trotzdem wird man das Gefühl nicht los, dass es wenig Positives zu berichten gibt. Ich weiß, dass ich es so sehen muss, dass es ohne sein Eingreifen und seine Kurse noch schlimmer sein könnte. Er hat mich eingeladen, ihn zu unterstützen, aber ich kann hier nicht weg. Irgendwie wirkte er resigniert beim letzten Besuch. Ich will nicht resignieren. Ich will es besser machen und hier gibt es so viel Leid. Ich habe meine Schülerinnen und Schüler in der Schule in der Rahlgasse, ich habe engagierte Kolleginnen und Kollegen, aber die brauchen mich nicht unbedingt. Die Schule läuft mit einer guten Schulleiterin wie von selbst."

Ich erwidere, dass er es sich wohl unbedingt schwer machen wolle. Er schmunzelte: „Ich habe es gelernt, mit den schwierigsten Situationen in meinem Leben zurechtzukommen. Ich glaube, ich könnte ein gutes Vorbild abgeben." Das mochte sein, trotzdem empfand ich es als den schwierigsten Weg, den er beschreiten wollte, und fragte ihn deshalb: „Wieder ein Kinderheim aufmachen, mit all den Problemen und vorprogrammierten Enttäuschungen?"

Er sah über mich hinweg und erklärte: „Sie wissen noch gar nicht, dass es unserer Jungengruppe zwar sehr gut ergangen war, aber in den anderen Flügeln des Hauses so viel Unrecht geschehen ist. Es gab eine Aufarbeitung für die Betroffenen, aber keine Wiedergutmachung. Oft leben die Menschen entwurzelt in der Gesellschaft."

Ich fragte nach: „Wie wollen Sie das wissen? Ich habe auch gelesen, von den Kunstaktionen und auch die Blogs im Netz habe ich gesehen, wo sich Betroffene geäußert haben. Über die Hausbesetzung habe ich auch gelesen, aber warum soll es denn heute allen schlecht gehen? Die meisten Menschen verfügen über viel mehr Resilienz, als wir uns gemeinhin vorstellen können."

Er nickte und sagte vielsagend: „Eben nur die Meisten! Sollen wir die Wenigen dann durchs Netz fallen lassen? Ich habe so viele auf der Straße kennengelernt, die mir nicht mehr aus dem Kopf gehen."

„Nach der Logik müssten Sie aber eher eine Obdachlosenunterkunft eröffnen, als ein Waisenhaus" erwiderte ich leicht provozierend.

Und er: „Nun warten Sie ab, was ich mache. Wir werden sehen, was machbar und nötig sein wird. Sie können mir ja helfen."

Dazu war ich nun gerade nicht bereit. Zum Glück hatte sein offenes Lächeln gerade keine Erwiderung erzwungen. Ich hätte wahrscheinlich vorschnell abgesagt. Schließlich wollte ich einfach in meinem geliebten Wien ein bisschen Kraft für das kommende Schuljahr tanken. Ich lenkte das Gespräch lieber auf andere Inhalte, um mich in nichts zu verstricken, und bat Hans mir von seinen Erlebnissen mit Bettlern zu erzählen.

Nach kurzem Überlegen begann er: „Ich ging immer an die Orte, wo Menschen sich sammeln, die wenig haben. Oft finden Sie diese Menschen, die fast unsichtbar sind, an den U-Bahnhöfen. Da gibt es diesen einen jungen Mann. Er steht seit Jahren am U-Bahnhof Heiligenstadt und verkauft die Obdachlosenzeitung *Augustin*. Er ist klein und irgendwie kugelig. Er sieht einem offen ins Gesicht. Er hat einfach Pech gehabt in seinem Leben. Seine Eltern sind früh gestorben. Ihn hat es dann von Prag nach Wien verschlagen. Er ist angekommen und da war keine Fürsorge, keine Verwandten und keine Freunde. Eine ältere Frau hat ihn aufgegabelt und in eine staatliche Einrichtung gebracht. Dort sollte er sich schnell einordnen. Aber das war nicht so leicht. Es mussten zunächst Dolmetscher besorgt werden. Als klar wurde, dass er nicht nach Tschechien zurückgeschickt werden konnte, weil niemand auf ihn wartete und es unverantwortlich schien, jemanden hinter den Eisernen Vorhang zurückzuschicken, blieb er. Er musste Deutsch lernen, aber dadurch war er dann schnell zu alt für die Klasse, in die er gehen sollte. Es dauert etwas mit dem Spracherwerb und je länger es dauerte, desto schwieriger wurde es mit der Erlangung eines normalen Schulabschlusses. Dann ging er zu einem Schuster in die Ausbildung. Es war noch ein Handwerker vom alten Schlag, der selbst mal aus Tschechien gekommen war, so dass es ein schönes Einvernehmen zwischen ihnen gab und er sich wohl fühlte. Der Meister bekam jedoch einen Herzinfarkt und starb kurz darauf. Der Laden wurde geschlossen und ein neuer Betrieb musste gefunden werden. Da Pavel, so heißt der junge Mann, die Altersgrenze erreicht hatte, musste er aus dem Heim ausziehen. Er suchte sich eine Wohnung, doch die Nachbarn beschimpften ihn mit „Kusch, Tschusch!" Dem Druck war er nicht gewachsen. Er war so traurig, dass er depressiv wurde. Sein Leben drehte sich nur noch um Schlafen und Essen. Er kümmerte sich nicht um die Körperpflege, nicht um eine neue Ausbildung und nicht um seine Rechnungen. Freunde hatte er nie gefunden, denn Gleichaltrige wollten unbeschwert feiern und keinen Trauerkloß neben sich. Er war allein. Es dauerte nicht lange und er sollte aus der Wohnung ausziehen. Klar hätte er Unterstützung von den Ämtern bekommen, aber er hatte nicht die Kraft und den Lebensmut. So verließ er eines Tages im Sommer die Wohnung und ging einfach nicht mehr zurück. Er lebte unter dem freien Himmel und schlief in den Parks. Am besten ging das im Wertheimsteinpark. Da sah ich ihn früher auch einmal. Dann kam der Herbst und er baute sich kleine Laubhaufen, unter denen er schlafen konnte. Er beschloss, nie mehr in die Wohnung zu gehen, warf den Schlüssel in die Donau und spülte die Freude über die gewonnene Freiheit mit einem Bier hinunter. Im Winter nahm er die üblichen Hilfen in Anspruch. Dort konnte er dann auch irgendwann den Entschluss fassen, dass das Leben in einer Wohnung doch reizvoll sein könnte. Er nahm nach sehr viel Angst in den Nächten die Hilfe an. Zunächst kam er in eine Klinik, die ihn wegen seiner Depressionen behandelte. Er bekam Medikamente, die ihm mehr Appetit machten, aber auch wieder mehr Lebensmut gaben. Die Sozialfürsorge half bei der Vermittlung in eine geschützte Werkstatt und sorgte für die Einrichtung einer kleinen Wohnung. Er verdient, in Erinnerung an alte Zeiten, etwas Geld dazu mit dem Verkauf der Zeitung. Ich wette, dass Sie ihn schon gesehen und mitleidig angeblickt haben. Das ist lustig, denn er führt Strichlisten über mitleidige Blicke, über abweisende und über freundliche Blicke. Er will mit dem Verkauf endgültig aufhören, wenn die freundlichen Blicke an einem Verkaufstag gegenüber der Summe aus mitleidigen und abweisenden Blicken überwiegen. Er meinte kürzlich, dass noch keine Gefahr bestehe, dass er bald verschwände."

Ich war verblüfft, denn ich versuche, immer durch ihn hindurchzusehen. Wie peinlich mir das jetzt ist … Hans' Lippen umspielte ein leichtes Lächeln. Doch dann sah er erschreckt zur Uhr: „Mist, viel zu spät. Sorry, aber ich muss leider sofort los! Bis morgen!" Sprang auf und eilte davon. So langsam gewöhnte ich mich an diese spontanen Einheiten. Irgendwie hatte ich langsam die Gewissheit, dass es auch am nächsten Tag ein Wiedersehen geben würde.

Ich blieb mit meinen Gedanken allein zurück. Allein zwischen den Touristen. Ich konnte mich erst nach einigen Minuten aufraffen, ging dann aber mit der Vorfreude auf morgen weiter meinen touristischen Zielen nach. Ich sollte

Recht behalten. Am nächsten Tag sahen wir uns wieder. „Hans, kennen Sie noch mehr solcher Schicksale?", fragte ich ihn. „Ja, wollen Sie noch welche hören?" Ich nickte stumm.

„Am unauffälligsten sind immer die Obdachlosen, die mit viel Gepäck herumreisen. Es gibt einen älteren Herrn, der geht auch immer zum ‚Kino unter Sternen', vielleicht haben Sie ihn dort schon gesehen. Er hat schlohweißes Haar und einen gut gepflegten Vollbart. Eigentlich war ein glücklich verheirateter Mann, aber dieses Gefühl war wohl nur einseitig. Seine Frau fand immer mehr Eigenschaften an ihm abstoßend, nörgelte und erniedrigte ihn den ganzen Tag, bis er es nicht mehr aushielt. Er ist bei seiner Frau ausgezogen, als sie ihn nicht mehr ertragen konnte. Sie sagte, dass sein Husten am Morgen sie störe. Die Situation war so hochgeschaukelt, dass er sich eines Abends entschloss, ein paar Dinge zusammenzupacken und zu gehen. All das erschütterte ihn so sehr, dass auch andere Bereiche seines Lebens aus den Fugen gerieten. Vorher war er Bauingenieur. Er hatte die schönsten Gebäude mit errichtet. Ich war ihm bei der Sanierung der Schule begegnet. Da war er ein ganz normaler, wohlsituierter Mann der Gesellschaft. Und nun läuft er durch die Stadt und wirkt jedes Mal so, als würde er gerade verreisen. Ich weiß aber, dass er in eine Obdachlosenunterkunft geht und nicht auf der Straße schläft, doch den ganzen lieben langen Tag läuft er herum. Er geht in die Museen, schließt dort sein Hab und Gut ein und beobachtet die durchströmenden Touristen. Am liebsten ist ihm das Kunsthistorische Museum. Dort mag er die Klänge der Stimmen aus aller Welt und die schöne Architektur. Im Ge-

gensatz zu anderen Obdachlosen hat er kein Alkoholproblem. Seine totale Freiheit ist ihm ein hohes Gut geworden. Er genießt es, wenn ihn keiner erkennt und er gut durchgehustet in den Tag starten kann. Dadurch, dass er viel draußen ist, hat sein morgendliches Husten ohnehin so abgenommen, dass es kaum noch vorhanden ist. Aber inzwischen möchte er nicht mehr zu seiner herrischen Frau zurück. Was soll er mit Einer leben, die seine Sorgen und Ängste nicht teilt. Er weiß, dass er es nur so lange aushielt, weil er immer viel gearbeitet hat. Sie sitzt nun zu Hause und wartet auf ihn. Manchmal geht sie auch zum ‚Kino unter Sternen', und versucht, mit ihm zu reden. Sie möchte ihn dazu gewinnen, zurückzukommen. Sie will nicht allein sein, sie weiß auch gar nicht genau, was der Auslöser seines Verschwindens war. Er hat ihr bei seinem „Auszug" keine Vorhaltungen gemacht, sondern ist einfach gegangen. Zunächst hat sie ihn überall suchen lassen, alle Krankenhäuser angerufen, aber da war nichts. Irgendwann hat ihr eine Bekannte gesagt, dass sie ihn in der Stadt mit dem Reisegepäck gesehen habe. Sie hat dann gezielt an Orten, an denen sich Obdachlose aufhalten, nach ihm gesucht. Es hat ein paar Wochen gedauert, dann hat sie ihn gefunden. Er hat durch sie hindurchgesehen. So wie er es inzwischen von vielen anderen Obdachlosen gehört hatte, dass sie sich so wahrgenommen fühlen. Er selbst wird noch angesehen, weil er wie ein Reisender aussieht. Wer genauer hinschaut, merkt natürlich, dass zu den Zeiten, in denen er mit so viel Gepäck unterwegs ist, kein Zug mehr fährt und wohl ein anderes Schicksal dahinterstehen muss. Er will nun warten, bis seine inzwischen an Krebs erkrankte Frau gestorben ist. Sie kann kaum noch Nahrung zu sich nehmen, ist ganz ausgemergelt und der Pankreaskrebs wird sie bald dahinraffen. Auch ihr Bitten und Betteln hat ihn nicht erweichen können. Er hat den Schlüssel für seine Wohnung noch und plant ein Leben danach. Wenn man ihn genau ansieht, sieht man eine tiefe Gelassenheit und eine Zufriedenheit, die man selten erlebt. Fast so wie bei Urlaubern am Ende ihrer Ferien, angefüllt mit Erlebnissen und voller Energie für das vor ihnen liegende Jahr."

„Das ist faszinierend! Ich habe ihn gestern gesehen und dachte, was das wohl für ein Mann ist. Ich hatte mich kurz gewundert, wo er noch hinwollte, um diese späte Uhrzeit, aber den Gedanken sofort wieder vergessen. Sein offener Blick war mir aufgefallen." Über diese Geschichte war eine Stunde vergangen, die wir schon auf unserer Bank saßen. Ich ahnte schon, was gleich kommen würde. Hans musste los. „Bis morgen!"

Am nächsten Tag legte er gleich mit dem Erzählen los: „Haben Sie schon einmal diesen Bettler an der Hofburg gesehen? Der mit dem Beinstumpf, den er immer wackeln lässt, wenn man darauf blickt. Er ist ein Roma aus Ungarn und hatte als Kind schon nur das eine Bein. Er hatte einen billigen Rollstuhl und ist auch zeitweise in die Schule gegangen. Da aber die Roma in Ungarn schon damals nicht gut gestellt waren, hat er das nicht regelmäßig gemacht. Dann musste er mit seinen Eltern umziehen und so genau haben sie es eben mit der Schule nicht genommen. Heutzutage hätte er doch sicher eine Prothese und er könnte anders leben. Aber er genießt es, wenn die Leute sich erschrecken. Wenn man mit ihm redet, lächelt er zunächst nur. Wenn man ihn öfter gesehen hat, dann redet er auch. Er findet, dass sein Leben mit etwas mehr Ehrgeiz, hätte anders verlaufen können, aber er hat sich diese Stelle an der Hofburg seit Jahren erkämpft. Es kommen täglich viele Touristen vorbei und es ist dort abwechslungsreich. Die Deutschsprachigen geben meist wenig, die Amerikaner und die Japaner sind großzügiger. Wahrscheinlich, weil in ihren Ländern keine so ausgefeilten Systeme für staatliche Wohlfahrt bestehen. Leute ohne Gliedmaßen gelten oft als Opfer von Gewalt und werden dadurch weniger als professionelle Bettler, denn als Opfer wahrgenommen. Es gibt dort nicht diese stark ausgeprägten Vorurteile gegen Sinti und Roma. Genau weiß ich es nicht, jedenfalls sagt das mein Freund Marko so. Er wohnt mit seiner Familie im Gemeindebau in Wien. Seine Frau oder seine Tochter bringen und holen ihn immer, abends ist er zu Hause. Im Winter bleibt er nur kurze Zeiten dort sitzen, schließlich will er sein anderes Bein nicht verlieren, aber er mag es dort im Trubel. Es gab Zeiten, da hat er mit seiner Frau und der restlichen Familie zusammen musiziert, aber das brachte wenig ein. So lebt er von der sozialen Fürsorge und von seinem gewohnten Rhythmus. Das bisschen Geld gibt er seiner Tochter, damit sie sich schön kleiden kann. Sie studiert Musik und ist sein ganzer Stolz und seine Hoffnung, auf eine bessere Zukunft für sie. Sie möchte unbedingt, dass er nicht mehr bettelt, er hat ihr versprochen bei ihrem Abschluss aufzuhören. Sie glauben nicht, wie motiviert sie beim Studium ist. Jedenfalls wird sein Lächeln langsam milde und sein Blick offener, ich glaube, seine Tochter hat es fast geschafft und er nimmt Abschied von dem täglichen „Bitte, bitte!"

Hans sieht mich an. „Woher wussten Sie, dass ich mich für ihn interessiere?" Er: „Sie hatten gesagt, dass Sie immer zu den Augustinern zum Gottesdienst gehen, außerdem geht da jeder Wientourist mindestens einmal entlang. Die meisten sind von dem Beinstumpf beeindruckt. Ich weiß von den anderen Bettlern, wie sie dazu stehen. Sie sagen, dass er das Geschäft kaputt mache, weil er gruseliger wirkt, als sie es je vermochten und das, obwohl er zu Hause bleiben könnte. Es gibt immer Konkurrenzen zwischen den Bettlern, aber es ist gleichzeitig eine große Familie. Es wird Klartext geredet. Wenn einer stinkt, dann sagt man es ihm unverblümt ins Gesicht. Er soll sich waschen, weil sonst alle von ihren gewohnten Orten vertrieben werden. Sie wissen, wo es möglich ist, sich zu duschen, und gehen dann meist schnell danach. Es ist eine vollkommen andere Sache, wenn ein gleichgestellter Bettler zu dir so redet, oder ein Mensch, der sich über dich erhebt. Das zählt dann nicht so. Viele Obdachlose nehmen die Reichen nicht mehr ernst. Das ist wie eine umgekehrte Wahrnehmung: Nimmst du mich nicht ernst – nehme ich dich nicht ernst. Irgendwie ein Selbstschutz vor den Menschen, die einen immer in Wohnungen unterbringen wollen und oft gar nichts von einem erfahren wollen. Es geht mehr um das schlechte Gewissen, das man auslöst. Keiner will doch seinen eigenen Reichtum verlieren, mag er auch noch so gering sein und die Erinnerung daran, dass es Menschen neben mir gibt, denen es schlechter geht, die verdirbt doch den meisten den Genuss am eigenen Luxus."

Ich erwidere auf den Monolog von Hans: „Mir war das auch klar. Ich habe oft schon mit der Sammelbüchse der

Diakonie Geld gesammelt, aber dann war das eben nichts für mich. Ich hatte überhaupt keine Hemmungen. Ein Mann aus meiner Gemeinde, seines Zeichens emeritierter Medizinprofessor, hatte aber einmal gesagt, dass ihm zu diesem Sammeln die Demut fehle. Mir war das fremd gewesen. Ich habe nicht so ein verklärtes Verhältnis zum Geld anderer Leute. Und ich nehme es ihnen ja nicht gegen ihren Willen weg, insofern bin ich da auch eine Bettlerin. Doch bei den Obdachlosen gibt es oft die, die behaupten nichts zu Essen zu haben. Das wirkt doch dann in Zeiten von Suppenküchen und Tagesbetreuungen von Obdachlosen unehrlich, oder?"

Hans darauf: „Das stimmt schon, aber viele geben eben lieber für einen bestimmten Zweck etwas, dann sehen sie ihr Geld nicht so verschwendet. Es gibt doch den Spruch: ‚Wer viel fragt, gibt nicht gern' – vielleicht ist es einfacher, genau zu sehen: ‚Ach das ist für Essen!' Viele können diesen Zweck dann wiederum mit ihrem Gewissen besser vereinbaren, nichts zu geben, weil sie sich einreden, dass DER das sicher nur versäuft. Da empfehle ich einfach, eine Packung Kekse und eine Milch zu kaufen und hinzugeben. Aber vor allem eins zu tun. Ein freundliches Wort, das kostet doch nichts und nicht so blind vorbeizulaufen. Es könnte einem schnell selbst so ergehen." Ich schüttele den Kopf und sage: „Dass es schnell geht, bezweifle ich. Aber es ist nicht auszuschließen. Ich versuche es, zu vermeiden und weiß auch, dass Krankheiten und andere unverschuldete Situationen jemanden aus der Bahn werfen können. Ich versuche, es aber gar nicht so weit kommen zu lassen." Er schmunzelte und sagte: „…wenn das nur immer an einem selbst liegen würde, aber da kommen oft so viele Faktoren zusammen und da steht einem eben manchmal keine Wahl mehr offen. Aber ich wollte Sie heute fragen, ob Sie mir einen Gefallen tun können. Ich habe morgen einen Termin mit den Chinesen. Bitte kommen Sie mit. Es macht einfach mehr her, wenn eine Frau dabei ist." Ich fragte, warum er nicht Ruth mitnehmen könne. Aber er meinte, dass sie verhindert sei, und sah mich bittend an. Ich konnte ihm nach dem Gespräch diese Bitte nicht abschlagen. „Könnten Sie um 11.45 Uhr an dem Toilettenhäuschen am Wertheimsteinpark oben an der Döblinger Hauptstraße auf mich warten? Der Termin ist Punkt 12. Gerne so kommen wie immer, ganz normal im schicken Kleid und mit Hut." Das sagte ich ihm zu und fragte, was meine Aufgabe sei. Er meinte, meine Rolle sei einfach, dass ich seine Idee unterstütze und nicht er als Einzelperson auftreten müsse. Es seien zwei Herren und eine Dolmetscherin zu erwarten. Ich war schon neugierig auf das Treffen. Er verabschiedete sich lächelnd: „Bis Morgen am anderen Ort!"

Wir waren beide pünktlich. Es fühlte sich an, als seien wir Verbündete. Ich wusste, dass ich versuchen würde, ihm hilfreich und unterstützend beizustehen. Eigentlich wollte ich ja zu Beginn nichts weiter in meinem Urlaub zu tun haben, aber Hans hatte mich in sein Denken hineingezogen, da konnte ich nicht mehr so einfach heraus. Kurz vor 12 Uhr gingen wir über die Kreuzung am Ende der Döblinger Hauptstraße, Barawitzkagasse hinüber zur Hohen Warte. Vor dem eisernen Tor an den Seitenfassungen aus Stein der Nummer drei warteten wir. Die Chinesen kamen pünktlich. Nach der Begrüßung schloss der Eine umständlich die Kette vom Haupttor auf. Zufällig vorbeigehende Passanten blickten neugierig oder blieben sogar stehen, weil das Anwesen immer für Aufsehen sorgt. Es interessieren sich viele dafür, was daraus wird. Gemeinsam liefen wir in Richtung Gebäude. Ich fragte, ob wir kurz zu dem Denkmal rechts gehen könnten. Die Chinesen bejahten diesen Wunsch und folgten uns durch das hohe Gras dorthin. Hans konnte kaum die Tränen zurückhalten, weil alle Erinnerungen in dem Relief der Fürstin Andràssy auf dem Denkmal für ihn geballt zusammenliefen. „Was hat es damit auf sich?", fragte der Chef-Chinese freundlich. Ich erklärte ihnen den letzten Wunsch der Stifterin, hier ein Waisenhaus zu errichten und das Hans einst hier im Haus gelebt hatte. Sie entschuldigten sich, dass er so ein armes Kind gewesen sei. Ich erklärte, dass sie ja keine Schuld hätten, dass er Waise sei. Sie sagten, dass sie, als sie das Haus erworben hatten, wussten, dass an diesem Ort Unrecht geschehen sei. „Unser höchster UN-Botschafter vor einigen Jahren hier, war in China in einem Heim aufgewachsen. Er hatte damals die ganzen Presseartikel und öffentlichen Diskussionen der ehemaligen Heimkinder verfolgt. Es hatte ihn gestört, wie wenig Bereitschaft der Gesellschaft ihnen im Leben gute Chancen zu geben, vorhanden war. Er selbst entwickelte sich in einem chinesischen Heim so gut, dass er es zur UN schaffte. Seine Sehnsucht nach Eltern war schlimm genug, warum sollte er dann nicht wenigstens die beste Schulbildung bekommen. Er sah die systematische Benachteiligung dieser jungen oder auch älteren Erwachsenen. Er fand das ungerecht und versuchte deshalb, das Geld für das Haus zusammen zu bekommen und es selbst zu gestalten. Er legte damit den Finger in die

Wunde der Stadt, wie sie mit ihren Stiftern und ihrem Erbe umgeht." Wir schauten uns nach dieser neuen Wendung der Geschichte verwundert an. Die Chinesen ließen weiter übersetzen, dass sie wüssten, dass in der Stadt anderes über ihre Kaufmotive und Pläne erzählt worden war. Immer hieß es, dass die UN-Beamten mit ihren Familien hier einziehen sollten. Aber niemals habe jemand danach gefragt. „Sie sind die Ersten, die um einen Termin zu diesem Haus gebeten haben." Oben vom Dach hämmerten die Dachdecker. Es war fast fertig gedeckt. Wir gingen ums Haus herum. Die Hintertür war der Bauzugang, wir bekamen Schutzhelme. Das Herz von Hans schlug so, dass man es an seiner Halsschlagader sehen konnte, das Gesicht war rot vor Anspannung.

Schon im Eingangsbereich empfing uns ein Geruchsmix aus Baumaterialien wie Lehm, Mörtel und Sand sowie Staub und alten Gerüchen nach Bohnerwachs und Desinfektionsmittel. Mir kamen selbst die schlimmsten Erinnerungen an Schulen und Krankenhäuser meiner Kindheit in den Sinn. Wir gingen vorsichtig zum Hauptteil des Gebäudes und dort die sanierte Treppe hinauf. In der Mitte war ein Guckloch in der Bauplane, in Richtung Garten geschnitten und wir sahen die wunderbare Aussicht. Innen war schon einiges gesichert, aber noch viel zu tun. Ich sah nur die Arbeit, Hans dagegen versuchte, die sich freundlich entwickelnde Konversation am Laufen zu halten. Durch das Dolmetschen lief es etwas schleppend, so dass genug Zeit war sich umzusehen. Wir hatten dann Zugang zu einem fertig als Konferenzraum hergerichteten Saal. Es wurden kühle Getränke gereicht und wir nahmen an einem großen, modernen Holztisch auf bequemen, leichten Holzstühlen Platz. Der führende Herr Wang stellte sich nochmals vor. Frau Xu und Herr Xin ebenfalls. Wir sagten unsere Namen. „Was sind ihre Wünsche?", fragte Herr Wang an Hans gewandt. Hans nahm Haltung an und holte eine schwarze Mappe heraus, die seine Pläne zum Waisenhaus beinhalteten. Es ging um das komplette Konzept des gemeinsamen Lernens und Lebens und die dazugehörige Gruppeneinteilung in den Hausflügeln. Er sprach mit sanfter Stimme, er redete klug und konzentriert. Die Übersetzerin tat ihre Arbeit, die Delegation lauschte gebannt. Nach einer halben Stunde beendete Hans seine Ausführungen. Nach kurzer Abstimmung unter den beiden Gastgebern wurde ein weißer Zettel herausgeholt. Herr Wang ließ erklären, dass er jetzt eine große Zahl hier hinschreiben würde. Es sollte dazu eine weitere Zahl geschrieben werden und wenn diese als Kaufgebot angenommen werden könnte, würde es zu dem Vertrag kommen. Die Übersetzerin übersetzte dies mit sanften Blick, der uns nicht erreichte, sondern nach unten gerichtet war.

Hans sah mich aufgeregt an: „Haben Sie gehört, was ich gehört habe?" Ich nickte. Das Anfangsgebot wurde abgegeben und es lag nur drei Millionen Euro über dem, was ich aus der Presse als Kaufsumme der Chinesen entnommen hatte. Hans legte eine Million dazu und schrieb 24 Millionen hin. Ich wusste, dass er Geld für den Umbau, Steuern, Notar und Betreibungskosten zurückhalten musste. Es würde dann vielleicht für die ersten fünf Jahre reichen, dann bräuchte Hans einen Betreiber, der die Gehälter der Angestellten zahlen würde. Herr Wang nickte, nahm den Zettel und blies zum Aufbruch. Wir würden in der kommenden

Woche Nachricht erhalten und alles Weitere würde dann geregelt werden. Hans war überwältigt, wir verabschiedeten uns gemeinsam und gingen ohne unsere Gastgeber wieder aus dem Haus. Hans hoffte, dass dies kein Bluff gewesen war und doch musste er schnell hier weg. Er zog mich hinüber über die Kreuzung zum Park und ließ dort einen Schrei los, nahm mich anschließend in die Arme und fragte: „Na, gehen wir feiern?" Ich sagte lachend zu. Wir liefen ausgelassen die Döblinger Hauptstraße hinunter. Besuchten kurz den Buchhändler, tanzten einen Tanzschritt lang vor dem Haus Zögernitz und kehrten im „So und jetzt" in der Nummer 23 ein. Hans bestellte Champagner und einen leichten Lunch. Es war erst kurz nach eins, da wollten wir klaren Kopf behalten. Hans fragte, ob ich das für möglich gehalten hätte.

Ich sagte: „Niemals!"

Und er weiter: „Willst du mir nicht helfen? Ich weiß nicht warum, aber ich glaube, dass wir ein gutes Team wären, du bringst mir Glück."

Ob des erfolgten Glücks der letzten Tage, konnte ich das kaum leugnen. Er war jetzt, ohne zu zögern, zum „Du" übergegangen.

Ich schmunzelte, nahm es an und erwiderte: „Hans, du kennst mich doch gar nicht. Ich bin zwar Lehrerin, aber ob ich alle Zelte zu Hause abbrechen will, weiß ich wirklich nicht. Ich bin in Deutschland Beamtin und habe eine sichere Zukunft. Hier wüsste ich nicht, was mich erwartet. Du weißt selbst, dass das Geld höchstens noch für fünf weitere Jahre reicht."

Sein Blick war wieder traurig, wie vorher am Porträt der Stifterin: „Aber wenn du sogar Lehrerin bist, teilst du nicht meine Wünsche für mehr Gerechtigkeit sorgen zu wollen? Wie geht es dir denn im Schulalltag? Hast du nicht zu Beginn deiner Ferien vollkommen überarbeitet auf unserer Bank gesessen? Erst jetzt kommt doch langsam das Leben in deinen Augen zurück. Willst du so weitermachen? Willst du wegen einer sicher geglaubten Pension so dein Leben verschwenden? Was hast du denn für Kinder zu betreuen?"

Ich erzählte von meinen Schülerinnen und Schülern. Ich ließ die systematischen Ungerechtigkeiten in der deutschen Gesellschaft nicht aus. Ich erzählte von der Lernwilligkeit der syrischen Schüler und vom Unwillen anderer Kinder. Ich erzählte von körperlicher Gewalt unter den Kindern, von psychischer Gewalt und Ausgrenzung und von den, teilweise als hilflos empfundenen, Gegenmaßnahmen. Ich erzählte aber auch von einem Schüler-Lehrerchor und von guter Schulgemeinschaft. Es mischte sich der Stolz des Geleisteten mit Erfahrungen der Hilflosigkeit des Berufes im Alltag.

Hans sah mich bittend an: „Überlege es dir, bitte!"

Er hatte erkannt, dass zu viel Druck nur ein klares ‚Nein' zur Folge gehabt hätte. Abwarten war klüger.

Ich aß meinen Salat und Hans löffelte sein Süppchen, wir prosteten uns zu. Erzählten uns nochmals, was wir mit den Chinesen erlebt hatten, und kicherten dabei wie Zwölfjährige, die ihren Schwarm gesehen hatten. Wir waren wohlgelaunt, da blickte Hans zur Uhr und sagte, dass er jetzt schnell gehen müsste. Wir könnten uns aber morgen um fünf wieder auf der Bank sehen. Ich nickte. Er zahlte und ging.

Ich bestellte einen kleinen Mokka und beobachtete die Menschen des Viertels. Es leben alle Altersgruppen hier. Sie wirkten auf mich, wie zu Hause. Vielleicht war es ein leicht gesundheitsbewussteres Milieu, was in der veganen Auswahl auf der Speisekarte und der Biobäckerei ihren Niederschlag fand. Es gab Läden, die mehr auf Wiederverwendung, als auf Neuanschaffung setzten. Ich kämpfte den Wohlfühlgedanken nieder. Eigentlich könnte ich hier gut wohnen und mich dauerhaft wohl fühlen. Ich grübelte, was mich in meiner thüringischen Heimat hielt. Mein Mann war vor Jahren von drei Nazis nach einer Demonstration aus Hassmotiven heraus ermordet worden. Ich hatte viel Mitleid erfahren und jede Menge Unterstützung bekommen. Allen tat es so unendlich leid, dass ihr unermüdlicher Demoredner und Menschenwürdeextremist nun nur noch Geschichte war. Ich hatte meinen Mann verloren. Ich wollte wenigstens Gerechtigkeit durch das Gerichtsverfahren. Der Haupttäter wurde zu lebenslang verurteilt. Ein geringer Trost, der meinen Mann nicht wieder lebendig machte.

Ich versuchte unterdessen, den Alltag allein auszuhalten, dort wo alles an das gemeinsame Leben erinnerte. Ich stürzte mich in Arbeit, aber irgendwie stellte sich keine Besserung des schmerzlichen Verlustes ein. Ich nahm die Welt durch einen Nebel wahr, nur die Ablenkung in der Schule brachte etwas Erleichterung. Aber ich war dort nicht zufrieden. Die Prozesse der Schulentwicklung dauerten ewig. Die Gesetzgebung zu den Schulgesetzen zur Inklusion wurden auf die lange Bank geschoben, auf die Umsetzung zur Digitalisierung in den Schulen könnte ich erst nach Jahren rechnen. Die Kinder und Jugendlichen wurden mit ihren Helikoptereltern immer schwieriger, ich konzentrierte mich darauf meine Talente auszubauen, und bot den Kindern immer wieder Projekte zur Demokratieerziehung oder zum Lernen am anderen Ort an. Aber bei desto mehr Jahrgängen ich alles daran setzte, sie zu motivieren, aus ihrem anregungsarmen Sumpf zu entkommen, desto mehr versagten meine Motivationsversuche. Vielleicht sollte ich den Wechsel wagen. Dann hätte ich all die Erinnerungen etwas in räumliche Distanz gebracht. Das Allerbeste wäre das fächerübergreifende und problemorientierte Lernen, das sich auf die jungen Leute richten würde. Da könnte ich Lebenshandlungskompetenz anleiten, war es nicht das, was mir mal wichtig war? Jetzt war die Büchse der Pandora geöffnet. Ich zahlte meinen Rest und verließ das Café. Ich schritt mit anderem Blick die Döblinger Hauptstraße ab in Richtung Hohe Warte und ging dann etwas verwirrt von den neuen Aussichten des geänderten Lebens in mein kleines Ferienreich zurück.

Am nächsten Tag saß Hans schon auf der Bank. Er begann sofort nach der Begrüßung zu erklären, was er sah: „Siehst Du diese junge Frau? Es ist eine Obdachlose. Im Sommer erkennt man sie, an der viel zu dicken Kleidung. Sie wissen nicht, wo diese abzulegen ist, und haben nichts Dünnes zum Wechseln. In den Unterkünften gibt es im Sommer nicht so viele Schlafplätze, wie im Winter. Es ist schwieriger, Orte zu finden, an denen die einfachsten hygienischen Bedürfnisse zu erledigen sind. Sie kommt aus der Slowakei und ist Alkoholikerin. Sie hatte mal ein Studium aufgenommen, aber schon bald ist sie mit den Anforderungen nicht mehr klargekommen. Mit den negativen Nachrichten wollte sie nicht zu ihren Eltern zurückkehren, und lebt seit dem Rauswurf aus dem Studentenwohnheim, mal hier mal dort und meistens im Freien. Es gibt nur den Weg, dass sie vom Alkohol loskommt. Dazu müsse sie aber zurück in die Heimat, aber das will sie nicht. Ich kenne sie schon über ein Jahr und jetzt im Sommer sieht sie besser aus als im Winter, wo sie ständig mit einer Flasche Klarem unterwegs war. Es ist schwer, solchen Menschen zu helfen, weil sie sich oft nicht mehr ihrer Lage bewusst sind. Heute hat sie mir in die Augen gesehen und mich erkannt. Ein guter Tag also. Ich habe sie ermuntert, ihr Leben in die Hand zu nehmen. Zum Trost bei der Hitze habe ich ihr eine Cola gekauft und ihr zugehört. Sie sagte, dass die meisten sie nur angewidert ansehen und dass sie dann zum Spaß manchmal irgendwelche tierischen Urlaute von sich gebe, die die Menschen zurückweichen lassen. Sie kennt die Leute und es fällt ihr schwer, mit der Missachtung zu leben. Sie wünscht sich Kinder und hat einen Freund, aber der lebt auch auf der Straße. Das macht das Loskommen aus der Obdachlosigkeit noch schwerer. So drehen sich Menschen mit ihren Problemen meist ein paar Jahre im Kreis. Das ist schwer zu ertragen."

Ich nicke und frage, wieso er sich dieser Menschen angenommen habe. Er sagte, dass sie ihm Leid täten und die Schüler und Schülerinnen eines Tages gefragt hatten, wie es sein könne, dass es in unserem reichen Land Bettler gebe. Und weiter: „Seitdem habe ich mich mit dieser Frage näher beschäftigt und wir haben dazu Projekte durchgeführt. Unsere Schülerinnen und Schüler kommen oft aus reichen Elternhäusern. Sie haben meist gute moralische Werte und sind nicht so abgestumpft, so dass es sie interessiert hat. Wir haben dann Befragungen in Wien durchgeführt. Das Wichtigste war, mit den Menschen ins Gespräch zu kommen. Dazu musste man sich auf Augenhöhe begegnen. Wir haben dazu von unserer Schülerfirma gesunde Brote schmieren lassen und diese mitgenommen. So dass sich die Schülerinnen und Schüler immer zu zweit zu einem Bettler begeben haben und mit diesem Frühstück in der Schachtel ankamen. Dann fragten sie nach dem gemeinsamen Essen, ob sie Fragen stellen könnten, und so kamen diese vielen Erlebnisse zusammen. Du kannst Dir vorstellen, dass die Kinder das nicht wieder losgelassen hat. Sie haben versucht, alle Hebel in Bewegung zu setzen, Besserungen für die Bettler zu erwirken. Manche haben den Kontakt lange gehalten. Bei anderen waren die befragten Personen verschwunden und es blieben viele offene Fragen. Andere sind mit den angebotenen Hilfen wieder auf die Beine gekommen. Damit das nicht als Last auf den Schultern der Schülerinnen und Schüler lag, haben wir ein Team aus zwei Lehrern und der Schulärztin zusammengestellt und wöchentliche Reflexionen angeboten. Es waren tränenreiche, aber auch fröhliche Runden. Nach Jahren konnte man sehen, wie die jungen Erwachsenen geprägt und mit guter Herzensbildung die Schule verließen. Es waren nicht wenige darunter, die dann ins soziale Feld gingen. Die Eltern hatten sich zwar manches Mal anderes für ihre Kinder erträumt, aber letztlich konnten sie die Kritik nicht wirklich hervorbringen, denn dann wären sie in Konflikt mit ihren eigenen Moralvorstellungen geraten. Ich habe zu einigen davon Kontakt, die ich dann holen würde, wenn es so weit ist. Wenigstens fragen würde ich sie, ob sie sich beruflich verändern wollen. Ich glaube, da wären gute Leute dabei. Und wie steht es mit Dir? Hast Du es Dir schon überlegt?"

Schmunzelnd gab ich zu: „Ich liebe Wien, aber ich bin verbeamtet in Thüringen. So schnell kann ich da nicht weg, also frage lieber erst Deine jungen Leute." Er erwiderte: „Ich habe deutlich gehört, Du kannst nicht sofort. Wann könntest Du denn frühestens?" „In einem Jahr, besser in zwei Jahren."

Er strahlte und sagte: „Das ist perfekt. Du bist genommen." Kaum hatte er das letzte Wort ausgesprochen, sprang er auf und setzte sich wie auch schon die Tage zuvor in Bewegung. „Bis morgen um fünf!", rief er mir noch zu. Ich war perplex von seiner Geschichte, seiner Freude über meine neue Offenheit und über sein plötzliches Entschwinden und nahm mir vor, zu fragen, wo er immer so schnell hinmüsse.

Am nächsten Tag stieg ich dann mal ganz zügig in das Gespräch ein: „Kennst du das Lied: ‚Heut kommt der Hans zu mir, freut sich die Lies'? Und weißt Du, wie es endet? ‚… oder ob er überhaupt nicht kommt, ist nicht gewiss!' Und mich stört der Gedanke, dass ich nicht weiß, ob Du wirklich kommst!"

Dieser Vorwurf kränkte ihn sichtlich und er sagte: „Aber ich bin immer da gewesen, wie kommst Du darauf, dass ich nicht käme? Ich dachte, wir hätten so eine Art Vertrauen zueinander? Ich verstehe nicht, warum Du plötzlich wieder so misstrauisch bist."

„Ich misstraue Dir nicht, aber stell Dir vor, ich würde jeden Tag mitten im Gespräch aufspringen und abhauen. Das ist merkwürdig und verletzt mich."

Ich wollte es mir nicht eingestehen, aber fast kam ich mir vor, als sei ich eifersüchtig, auf sein Leben, was ich nicht kenne. Dabei war ich weit davon entfernt, ihn als Partner anziehend zu finden. Er sagte: „Ach was soll ich sagen. Ich war so froh, dass ich etwas Abstand von meinen Problemen hatte. Ich hatte mit Dir eine Person, die nicht eingeweiht ist, in meine Sorgen. Ich verstehe aber, dass Dir das komisch vorkommt, wenn ich so davoneile. Aber es hat einfach einen traurigen Hintergrund. Ich hatte Dir doch erzählt von meiner Ruth. Sie war so unglücklich, dass wir keine Kinder bekommen konnten. Irgendwann entwickelte sich daraus eine Depression. Sie konnte es nicht mehr ertragen und hat vor zehn Jahren einen Suizidversuch unternommen, hatte alle möglichen Tabletten geschluckt. Es war an einem Tag, an dem ich lange in der Schule sein sollte, aber doch früher nach Hause kam. Ich habe sie leblos vorgefunden und die Rettung gerufen. Ich war wie benommen, es dauerte Wochen, bis ich realisierte, was passiert war. Ich fuhr jeden Tag schon vor dem Unterricht ins Spital, sie ist nie mehr aus dem Koma erwacht. Nachdem die Behandlungen nicht angeschlagen haben, wurde sie als austherapiert entlassen. Ich habe Ruth nach Hause geholt und eine Tagespflege organisiert, wofür mein ganzes Gehalt draufgeht. Sie liegt nun immer im Bett und wird von Pflegerinnen versorgt. Aber abends um sechs gehen sie und ich muss sie doch pünktlich ablösen. Ich weiß nicht, warum ich das bisher verschwiegen habe. Vielleicht weil es so belastend ist und ich unsere Zeit, unser Abenteuer als Ablenkung sehr genossen habe. Du kannst gerne mitkommen, wenn du mir sonst nicht glaubst."

Er stand auf und sah mich erwartungsvoll an.

Ich antwortete: „Ich überlege es mir. Bis morgen!"

Und er: „Aber du glaubst mir doch?"

Und ich: „Ja!"

In dem Moment wurde mir klar, dass ich mich längst verliebt hatte in diesen mysteriösen, charismatischen Mann. Bisher wollte ich alle Zeichen nicht wahrhaben. Aber jetzt verblüffte mich diese Erkenntnis doch sehr. Ich war dabei, mich in den falschen Mann zu verlieben. Ich hatte mir in endlosen Therapiesitzungen nach dem Tod meines Mannes klar gemacht, dass dieser Typ Mann mein Beuteschema war und das mir das nichts als Leid einbrachte. Ich versuchte, mir also klar vor Augen zu führen, dass dies eine Freundschaft und keine Partnerschaft zu sein hatte, wenn ich nicht in mein Verderben steuern wollte. Doch trotzdem erwischte ich mich dabei, wie ich begann, unsere Schicksale in ihrer ganzen Traurigkeit miteinander zu vergleichen. Mittlerweile war ich im Kino angekommen. Meine sentimentale Stimmung verstärkte sich durch den Abendfilm „Suzie Washington" noch. Eine Geschichte über eine Frau, die zu Zeiten des Kalten Krieges dem Ostblock entkommen wollte und dann am Wiener Flughafen im Transitbereich gestrandet war. Ich war mit der Person im Film verschmolzen. Sie hetzte durch aussichtslose Situationen, denen sie begegnete und war immer kurz davor, entdeckt zu werden. Ich litt so mit, dass es mich fast zerriss. Als ich auch noch hörte, dass der umtriebige, feinfühlige Regisseur Florian Flicker schon früh gestorben war, war ich gänzlich ermattet von all dem Traurigen an dem Tag und nahm mir vor, morgen unbedingt etwas Fröhliches zu unternehmen.

Ich entschloss am nächsten Morgen, ins Schwimmbad zu gehen. Wien hat einiges an Bädern zur Auswahl, aber ich erinnerte mich an die Erzählung von Hans und den guten Ausblick über Wien im Krapflwadlbad. Ich lief mit meiner Badeausstattung von Untersieverung über den Schulstieg auf dem kürzesten Weg hinüber nach Grinzing. Machte einen kurzen Abstecher an das Grab von Thomas Bernhard. Ich kehrte im Restaurant Neuland auf der Insel zwischen Himmelsstraße und Cobenzlgasse auf einen Erdäpfelsalat mit Kernöl und Backhendel ein. Dann nahm ich den Bus 38a bis zur Waagewiese und stieg zu Fuß den steilen Hang durch den kleinen Laubwald zum Eingang hinauf. Die Hitze war drückend, die Jugendlichen überholten mich spielend und ein Sprachgewirr aus Russisch, Deutsch und Arabisch ließ mich über meine Sprachkenntnisse sinnieren. In Thüringen kommt es auch vor, dass ich diese Sprachen höre und doch ist es seltener als in Wien. Ich könnte mein Russisch auffrischen, um mehr zu verstehen und die schier endlose sinnentleerte Paukerei vieler Jahre nachträglich mit etwas Sinn zu versehen. Ich verschob den Gedanken ins neue Schuljahr. Jetzt ging es um Entspannung. Das historische Eingangsgebäude des Bades versprühte den Charme des beginnenden 20. Jahrhunderts. Die Kästchen und Kisten im oberen Geschoss ließen mich staunen. Nach dem Umziehen ging ich hinüber zum Becken. Es war so kurz, dass ich nur schwerlich meine Bahnen schwimmen konnte. Ich verzog mich, nicht ohne den Blick hinunter in den Kessel der Stadt Wien mit seiner Hundertwasser Müllverbrennung, der Donau und den riesigen Kirchen gerichtet zu haben, unter die Kiefern. Vielleicht sollte ich mir demnächst mal die von

Hundertwasser entworfene Müllentsorgungsanlage anschauen, aber bei der Hitze stank es da bestimmt. Ich vertagte das Vorhaben auf den Herbst. Beim Liegen im Schatten der Bäume las ich in meinem Roman, folgte den Wolkenbergen und genoss die Aussicht in Richtung der Weinberge und auf den Wiener Wald. Welch ein Glück es doch ist, wenn man es sich leisten kann in den Urlaub zu reisen. Welche Freude des schönen Nichtstuns, die ich mir durch all den Stress doch während des Schuljahres so verdient hatte. Wie hatte ich mich nach dieser endlosen Freiheit von Verantwortung gesehnt. Es ist wirklich ein schöner Ort. Doch ich verließ ihn, als es auf vier Uhr zuging, und fuhr mit der 38a und dann mit der U4 schnell in Richtung Stadt und kam gerade noch rechtzeitig um fünf Uhr zur Bank hinterm Stephansdom.

Hans blickte mich erleichtert an. „Es war nicht fair, Dir nichts von diesem Teil meines Lebens zu erzählen. Es tut mir leid! Wie kann ich das wieder gut machen? Vielleicht kannst Du es besser verstehen, wenn Du mit mir kommst. Vertrau mir!"

Ich hatte nicht wirklich weiter darüber nachgedacht, aber seine Worte rührten mich. Von Anfang an war diese Geschichte ein großes ungewöhnliches Abenteuer, jetzt folgte das nächste Kapitel. Was hatte ich schon zu verlieren? Wir liefen in Richtung Schottentor. Die Wohnung lag im unteren Teil der Rothenturmstraße in einem zweiten Stock. Zum Glück gab es die alten Außenjalousien aus Holz und die massive Bauweise hielt die sommerliche Hitze draußen. Ich war aufgeregt. Mein Herz klopfte wie wild und fast konnte ich es unter der Bluse spüren. Hier wohnte er also und nun sollte ich seiner kranken Frau begegnen. Unwirklich, intim,

beklemmend zugleich, aber auch ein großer Vertrauensbeweis. Was ich davon halten sollte? Das konnte ich noch
nicht einordnen. Jetzt hatte ich erst einmal Schiss. Wir betra-
ten die ruhige Wohnung. Im Flur stellte ich meine Tasche ab
und wir gingen in ein weiteres Zimmer, was sich aus einem
ehemaligen Wohnzimmer in ein Pflegezimmer für Ruth
entwickelt hatte. Die Pflegerin schaute erstaunt auf, denn
mit mir hatte sie wohl nicht gerechnet. Hans hatte sie auf
keinen Gast vorbereitet. Es wurde sofort klar, dass Hans
sonst nie Besuch mitbrachte. Er bat die Schwester, uns einen Kaffee zu brühen und dann Feierabend zu machen. Sie
war erfreut, trotz der Aufgabe. Aber der in Aussicht gestellte
Feierabend und der freundliche Ton von Hans, zeigten Wirkung. Sie servierte uns den Kaffee. Wir hatten inzwischen
an einem kleinen Kaffeehaustisch mit dunklem Mittelfuß
aus Gusseisen und einer hellen Marmorplatte Platz genommen. Die Thonetstühle waren trotz ihrer leichten Bauweise
bequem und wir saßen fast wie in einem richtigen Kaffee-
haus auf angenehme Weise in beruhigender Distanz zueinander. Es war wohl meine Angst, die meine Konzentration
auf die Einrichtung lenkte. Ich überwand sie und schaute in
Richtung Pflegebett. Ruths Augen waren geöffnet, was mich
etwas tröstete. Ich hätte mich sonst wie eine Ehebrecherin
gefühlt, obwohl das ja eigentlich Unsinn war. Ruth lag einfach da, nur ihre tiefen Atemzüge waren zu hören. Sie wirkte wie eine der Figuren in den Ausstellungen der Antiken-
sammlung. Sie hatte diesen leeren Blick und doch eine an-
mutige Gestalt. Ihre kurzen Haare waren gut geschnitten
und gepflegt, im Gegenteil zu meinem zerzausten, vom Ba-
dewasser angegriffenen Gestrüpp. Ich nahm das zur Kennt-

nis, ich sah` die Anmut dieser Frau. Ich wusste nicht wirklich, welche Worte in dieser Situation angemessen waren. Spricht man eine Frau im Koma an, die mit offenen Augen daliegt? Hans dagegen legte unbeirrt los. „Wie findest du Ruth?" Ich war überrascht, denn ich mag es auch sonst nicht über andere Menschen zu reden. Nun war ich zusätzlich unsicher, ob Ruth nicht doch etwas mitbekommen würde. Die Wissenschaft ist sich nicht sicher, was langzeitkomatöse Menschen verarbeiten können. Ich signalisierte, dass mir das Gespräch so in Anwesenheit von Ruth nicht recht sei.

Hans sah es nach etwas Zögern ein und erzählte über Ruth. Er wählte dabei einen freundlichen, herzlichen Ton, den ich trotz der beschriebenen Ungewissheit ertragen konnte. „Weißt du liebe Ruth, bald werden wir umziehen. Ich denke, du wirst in der Hohen Warte 3 ein größeres Zimmer haben als hier. Ich freue mich, wenn du nicht nur eine Pflegerin um dich haben wirst. Es wird wieder lebendiger sein. Wir werden die Jugendlichen auf freiwilliger Basis in deine Pflege einbeziehen. Es wird sie Verantwortung lehren und die sinnvolle Beschäftigung wird ihnen Selbstbewusstsein geben. Ich denke, dass du wieder Geschichten vorgelesen bekommen wirst. Ruth, wir werden viele Kinder haben und du kannst ihnen und ihrem Leben Sinn verleihen."

Ich staunte, was sich Hans so konkret ausgedacht hatte. Jugendliche in der Pflege! Ich konnte mir die Freude nicht vorstellen. Doch vielleicht hatte er recht. Einige meiner Schüler und Schülerinnen sind an ihrem sozialen Tagen schon in Altersheimen gewesen. Selbst bei dementen Patientinnen waren sie zu Gast. Sie hatten nur Gutes berichtet und den Einsatz als sinnvoll empfunden. Also warum ihnen nicht so eine Aufgabe dauerhaft zukommen lassen. Möglicherweise ergeben sich aus solchen Erlebnissen berufliche Möglichkeiten und selbst wenn es die Klarheit ist, dass es kein geeignetes Feld für die Kids ist, wird diese wichtige Selbsterkenntnis ermöglicht. Ich hatte das Gefühl Ruths Gesicht entspannte sich. Ich nickte nur zustimmend und doch zurückhaltend. Hans meinte, ich würde ihn morgen um 17 Uhr wie gewohnt auf der Bank treffen, er müsse nun etwas Hand an Ruth anlegen. Ich war, ob der doppeldeutigen Bemerkung, verwirrt und hatte ohnehin das Bedürfnis zu gehen. Ich verabschiedete mich zaghaft mit einem Streicheln über die leblos erscheinende Hand von Ruth und mit einem Winken in Richtung Hans und verließ die Wohnung.

Meine Schritte lenken mich hinunter zur Donau. Ein guter Platz, um das eben Erlebte nachwirken zu lassen. Ich suche mir in einer Strandbar einen Platz. Jetzt will ich nicht allein in meiner Wohnung sein. Ich blicke auf den Fluss und denke über die Orte nach, die das Wasser bald streifen würde. Puh, ich brauche unbedingt eine kleine Pause von meinem Hans-Abenteuer. Es gab doch noch andere Menschen, die ich während der Ferien besuchen wollte. Ich denke sofort an Eva Pusztai. Sie ist eine faszinierende alte Dame, die Auschwitz überlebt hat und darüber nicht verzweifelt ist. Ich suche nach ihrer Nummer in meinem Handy. Beim zweiten Klingeln ist sie am Apparat und nach einem kleinen Plausch verabreden wir uns. Sie ist hocherfreut und ich freue mich auch. Vielleicht ist es besser, etwas Abstand von Hans zu bekommen. Die ganze Situation mit seiner Frau und diesem Strudel von Emotionen hat mich verwirrt. Ich sehne mich nach Ruhe und Erholung. Bei Eva werde ich sie bekommen. Ich gehe zum ‚Kino unter Sternen' nochmals quer durch die Straßen des 1. Bezirkes und freue mich über das quirlige Leben in den Straßencafés. Es ist wunderbar, dieses Wien mit seiner entspannten Stimmung. Selbst die Langsamkeit, die mich im Alltag stören würde, weil ich selbst oft lieber in einem höheren Takt lebe, gefällt mir. Kein Wunder ich habe Ferien, da muss man etwas langsamer machen, damit danach die Kraft wieder für ein neues Schuljahr reicht. Im Kino kommt irgendein historischer Tanzfilm. Ich bin nicht bei der Sache, weil eine ältere Dame nicht weit von mir Platz genommen hat. Sie hat viele Taschen und Beutel dabei und sieht aus wie eine Obdachlose. Die Worte von Hans kommen mir in den Sinn. Mein innerer Kampf, ob ich sie ansprechen oder es lassen soll, lenkt mich vom Film ab. Ich fasse mir ein Herz und spreche sie an: „Guten Tag! Sie haben so viele Taschen. Kann ich ihnen beim Tragen helfen?"

Sie schmunzelt zaghaft und erwidert: „Ich muss nirgends mehr hin, nicht heute und nicht morgen. Aber danke der Nachfrage."

Ich frage ganz offen: „Haben Sie keine Wohnung?"

Und sie: „Nein, nicht mehr, aber es ist gutes Wetter, das macht nichts. Ich schlafe im Park."

Ich frage, ob wir zu einer Parkbank gehen und in Ruhe reden wollen. Sie stimmt dem zu, da die Stühle vom ‚Kino unter Sternen' eingeräumt werden. Wir ziehen los in Richtung Ringstraße über den Schwarzenbergplatz weiter in Richtung Museum für angewandte Kunst. Sie zeigt mir verschiedene Gebäude und erklärt mir architektonische Details der Ringstraße. Wir genießen beide das Gehen nebeneinander ohne Eile. Nach zwanzig Minuten kommen wir an, dort wo sie immer sitzt. Wir setzen uns, und sie beginnt zu erzählen: „Ich bin Rosalie. Wissen Sie, ich habe vier Kinder großgezogen, aber als mein Mann an Krebs starb, da habe ich es nicht mehr ausgehalten. Ich musste immer raus aus der Wohnung. Meine Kinder wollten immer, dass ich sie besuche, aber ich habe schnell gemerkt, dass ihr Leben weitergehen musste. Ich konnte nicht bei ihnen herumsitzen und trauern. Sie wollten mich aufmuntern, aber ich wollte nicht aufgemuntert werden. Ich wollte traurig sein und ich vermisse ihn so, meinen Mann. Es ist ohne ihn nichts mehr so gewesen, wie vorher. Ich wollte nicht allein ins Kino oder ins Theater gehen. Ich wollte nicht mehr tanzen, weil er doch der beste Tänzer war, und ich wollte nicht allein am Tisch sitzen und essen, wo wir so oft zusammen gegessen hatten. Ich konnte das alles nicht. Ich bekomme nur eine kleine Rente und die Wohnung hätte fast alles aufgefressen, ich hätte umziehen können, aber dafür hat mir die Kraft gefehlt. Ich bin also erst immer herausgegangen aus der Wohnung und dann nach und nach, da habe ich gemerkt, dass ich gerne unter den Sternen schlafe. Ich wollte meinen Mann immer dazu überreden. Ich habe ihn einmal dazu gebracht, dass wir auf dem Balkon in Schlafsäcken geschlafen haben, als es sehr heiß war. Aber er fand das unbequem und hat nicht eingesehen, dass er nicht das bequemere Bett aufsuchen soll, wenn das doch nur ein paar Meter weit wegsteht. Er war lieb, aber vollkommen unromantisch. Ich bin draußen geblieben und er war in der Nacht irgendwann vom

Balkon verschwunden. Ich habe das bei dem einen Versuch belassen, dann kam bald seine Krankheit und es war alles anders. Es ging schnell. Nach ein paar Wochen hatte er viel abgenommen, er hatte große Schmerzen und keinen Appetit mehr. Wir konnten uns gut verabschieden, aber es war unendlich schmerzhaft, allein zurückzubleiben. Ich habe dann irgendwann angefangen, zu überlegen, wie ich es hinbekomme, dass ich ohne ihn weiterleben kann. Ich habe mich erinnert, dass es das war, was er nicht mochte, und habe es wie eine Art Besinnung auf mich selbst versucht. Erst auf dem Balkon und dann ganze Nächte draußen. Es war wunderbar. Ich habe nur mich wahrgenommen, der Schmerz war weg. Ich war wieder ganz bei mir. Ich fühle mich besser hier in der Wildnis der Großstadt. Ich bin froh, dass ich so lebe, und weiß ja, dass ich jederzeit zu meinen Kindern gehen kann. Im Winter mache ich das auch, aber ich will ihnen nicht zur Last werden. Ja, ja, sie schämen sich für mich, aber das müssen Sie nicht, denn das bekommt keiner mit. Ich bringe meine Taschen nach und nach und da ist es nicht so peinlich für die jungen Leute. Es macht mir Spaß, mit den Enkeln zu spielen. Ich habe vier Enkel. Zwei Buben und zwei Mädchen. Sie entwickeln sich prächtig. Der eine ist ein Schachgenie. Ich versuche ihm, Paroli zu bieten. Er merkt sich immer alle Züge und ich schlage ihn, aber er spielt jetzt in einem Verein und hat auch einen Computer, gegen den er spielt. Ich bin gespannt, wie viele ELO Punkte er eines Tages erreicht. Das freut mich und macht mich stolz. Meine Kinder haben alle Arbeit: Eine ist Verkäuferin im Spar-Supermarkt, einer ist Straßenbahnfahrer und zwei sind Kellner in vornehmen Wiener Kaffeehäusern. Es ist ihnen peinlich, wenn ich dort vorbeikomme, weil sie die Anweisung haben, dass Obdachlose nicht zu bedienen sind. Alle haben Angst, dass es immer mehr werden und sich das herumspricht. Kann so sein, aber ich spreche nicht mit den anderen. Ich mag hier draußen die Einsamkeit von den Menschen und mag dieses Gemurmel der Touristen. Sie sehen mich zwar nur traurig an, aber in ihrer Reise durch Wien, sollen Sie mich ruhig auch sehen. So wie Sie. Sie sind doch Touristin?"

Ich erzähle ihr, dass ich eine Langzeittouristin bin und mich in Wien heimisch fühle und dass ich jedes Jahr in Sievering bin.

Das findet sie lustig, weil für sie Wien nur der erste Bezirk ist. „Daraus fahre ich nicht. Ich habe früher im Vierten Bezirk gewohnt, das fand ich schon zu weit entfernt, aber der 19. Gott bewahre! Wie lange fährt man dorthin?"

Ich erkläre ihr, dass es nur eine halbe Stunde dauert und sie staunt. „Und nun werde ich langsam müde, ich muss liegen!" Das kann ich gut nachvollziehen. Wir haben beide nicht gemerkt, wie die Zeit vergangen ist. Wir verabschieden uns und ich mache mich nach diesem denkwürdigen Tag auf den Heimweg.

Am nächsten Tag frage ich Hans, ob er solche Geschichten von Frauen dieses Alters kennt und er sagt, dass es einige solcher Beispiele gibt. Er kennt diese Dame sogar, als ich sie ihm beschreibe. Er sagt: „Der Sohn ist im Café Bräunerhof, der Ober, der immer im hinteren Bereich so freundlich und offen bedient. Er liebt seine Mutter und hat ein Zimmer für sie bereit, aber sie will lieber unter dem Sternenzelt sein. Er macht sich aber Sorgen, weil es immer öfter Überfälle auf Obdachlose gibt. Kürzlich wurden zwei angezündet und haben nur schwer verletzt überlebt. Im Winter kommt sie immer, aber wer weiß, vielleicht geht es ihr wirklich draußen besser und nur wir können das nicht einschätzen. Sie kennt jeden Stern und jedes Sternbild. Sie kennt die Vögel und die genauen Zeiten, wann sie erwachen. Ich glaube, dass sie auch jede Grille und jede Echse mit Namen kennt. Sie wirkt glücklich. Nur wir können damit nicht umgehen, wenn Menschen nicht nach unserem Muster leben. Es fällt uns schwer, das zu akzeptieren, wenn sich Menschen anders entscheiden, dabei könnten wir über unsere eigenen Grenzen nachdenken und darüber, an was wir unser Herz hängen. Es sind doch am Ende andere Dinge, die im Leben wichtig sind. So wie unsere Beziehung hier."

Ich nicke und denke, dass dies ein gutes Stichwort ist, und verkünde: „Hans, das stimmt. Ich werde deshalb morgen nach Budapest fahren. Wir können uns erst in zwei Tagen wiedersehen. Ich werde eine Holocaustüberlebende treffen." Hans nickt und bittet mich, danach davon zu erzählen. Ich verspreche es ihm. Irgendwie tut mir jetzt leid, dass ich einen Tag nicht mit ihm reden kann.

Am nächsten Morgen stehe ich früher als gewohnt auf. Ich mag das frühe Aufstehen nicht. Es macht mich den ganzen Tag dösig und ich spüre dann eine Dumpfheit in mir, die kaum erträglich ist. Ich hänge auf dem Weg zum Erdberg diesen Gedanken nach, weil ich aus meinem Urlaubsrhythmus zurück im Alltagstakt zu sein scheine. Ich sehe in fahle, ins Leere blickende Gesichter, in der gleichen Stadt und auf den gleichen Verkehrslinien sehe ich die, die ich sonst nicht sehe. Ich frage mich, wohin sie eilen und denke über Bäckerläden und Krankenhäuser nach, über

Kindergärten und Dienstleistungsbranchen. Ich bin froh, dass es mir nur heute mal so geht, und verhalte mich ruhig, um die armen müden Wesen nicht aufzustören und mir irgendeine dumme Bemerkung einzufangen. Ich fahre quer durch die Stadt. Am Erdberg fahren die billigen Busse ab. An diesem Busterminal herrscht ein Schmuddelflair, was mich abstößt. Bei genauer Betrachtung prallen hier Welten aus Südeuropa und denen aus Mitteleuropa aufeinander. Familien sind größer und lauter, die Koffer und Taschen voller, die Aufregung größer, die körperliche Nähe geringer. Es sind viele junge Erwachsene zu sehen, mit großen Rucksäcken. Ihre Gelassenheit erinnert mich an die eigene Zeit von Interrailtouren durch Europa und bringt mich auf Gedanken von Abenteuerlust. Ich hoffe auf einen sicheren Busfahrer, aber das bleibt ein frommer Wunsch. Die Busse sind schnell bestiegen, die Kontrolle der Fahrkarten und des Ausweises befremden mich. Wie groß war die Freude über die offenen Grenzen 1989 und dann später über das Schengener Abkommen. Ich frage mich, warum jetzt schon Busfahrer Ausweise kontrollieren dürfen. Warum lasse ich mir das so widerspruchslos gefallen? Ich hätte doch die teurere Variante mit dem Zug wählen sollen. Schnell ist der Bus auf der vollen Autobahn. Ich wollte etwas schlummern, aber die Auffahrtechnik von nur drei Metern Nähe zum Vorausfahrenden ist mir zu aufregend. Ich komme nicht in die Entspannung und bremse bei jedem Bremsmanöver der Wagenkolonne vorsorglich mit dem rechten Fuß mit. Ich weiß, dass das alles nichts bringt und mache es trotzdem. Für die Rückfahrt nehme ich mir vor, den hinteren Teil des Busses zu nutzen, damit ich im Falle eines Aufpralles meine Chance des glücklichen Entkommens optimiere.

Bald nach dem Verlassen der Umgebung Wiens wird das Gelände eben. Es sind angenehme Weiten und wunderbare Sonnenblumenfelder zu sehen. Ich rufe die Kindheitsgefühle in mir wach, die dieses erste Sehen eines solchen Feldes in mir verursacht hat. Es war Sommer, es muss in Ungarn gewesen sein. Diese Köpfe der Blüten mit ihrem Versuch, sich am Morgen in Richtung Sonne zu wenden und dann dem Sonnenlauf zu folgen und das jeden Tag aufs Neue. Das ruft eine tiefe Freude in mir wach. Dieses Sehen und genaue Wahrnehmen auf Reisen haben mir schon immer gefallen und den Elan für ein kraftvolles Leben gebracht. Ich bin froh und richte meine Gedanken auf den anstehenden Besuch und die Frage: Wie kann man nach Auschwitz weiterleben? Viktor Frankl hat solch überzeugende Antworten gefunden und wahrscheinlich geht es nur so, wenn man dem von Anderen gewünschten Verderben entgehen will, dass man sich dem unendlichen Leiden zum Trotz ins Leben stürzt.

Nach nur drei Stunden erreicht der Bus Budapest Népliget. Ich staune über die Form und Vielfalt von industriell geprägter Vorstadthässlichkeit. Am Busbahnhof steige ich aus und wechsle ein paar Euro in Forint um. Ich entscheide mich in Anbetracht der fremden Sprache doch für die Fahrt mit einem Taxi, anstatt einer Nutzung des öffentlichen Nahverkehrs. Schnell bin ich an meiner nervlichen Grenze. Der Taxifahrer spricht weder Deutsch noch Englisch und ich nicht Ungarisch. Ich sage: „Synagoge?", und lasse meine Stimme im Frageton nach oben ansteigend erklingen. Er nickt wissend und ich denke daran, dass in der ungarischen Sprache Nicken und Kopfschütteln vertauscht sind. Ob er mich jetzt in ein Verlies fährt? Nein, die Straßen werden dichter und sicherheitshalber lasse ich die Ortung auf dem Handy mitlaufen. Im Internet hatte jemand geschrieben, dass es sicher ist, Taxi zu fahren, und nicht teuer. Nun hatte ich den Beweis, dass es sogar relativ direkt zum Ziel ging und das bei der Ansage eines Wortes wie 'Synagoge'. In einem Anfall von Paranoia dachte ich, ob er vielleicht Antisemit sei und deshalb nur so tat, als ob er nicht Deutsch oder Englisch könne. Ich fühlte mich fremd und angstvoll und war froh, als ich an der großen Synagoge aussteigen konnte. Ich wurde von Hitze und Stimmengewirr einer mir fremden Sprache erfasst. Ich schmeckte den Staub der Straße und versuchte, schnell die richtige Schlange zum Erwerb eines Eintrittstickets zu finden. Ich zahlte und hörte, dass es gleich eine deutsche Führung geben würde. Ich war erfreut, die mir vertraute Sprache zu hören. Der Fremdenführer der Synagoge antwortete wissend und geduldig auf alle noch so dämlichen Fragen meiner Landsleute. Ich versuchte den schlimmsten Irrtümern mit Zwischenbemerkungen und Rückfragen an deren Selbstverständnis zu begegnen. Beispielsweise ging es darum, was man denn hier täte, um die Jugendlichen zum Shabbatgottesdienst zu bewegen. Die Frage kam vorwurfsvoll an und die Fragesteller waren sich keiner Schuld bewusst. Im eigenen Umfeld gehen selten Jugendliche in den Sonntagsgottesdienst und das führt auch nicht zum Abbruch der Religiosität, sondern es werden von den Heranwachsenden andere Wege der Auslebung ihres Glaubens als gut befunden. Wer sich zu Hause damit nicht beschäftigt, verfügt dann im Urlaub nicht über die Schamgrenze solche Fragen zu formulieren. Mal ganz abgesehen davon, dass man heute aus Deutschland nicht nach Ungarn fahren muss, um einen Juden zu treffen.

Die Synagoge selbst ist berauschend groß und bunt. Der Friedhof macht mich traurig und die Namen an den metallischen Blättern des künstlichen Baumes lassen mich erschaudern. Ich weiß, dass Weinen nicht bildet, aber ich schäme mich nicht mehr, dass ich da so viel empfinde. Abgestumpfte Menschen in der Gesellschaft gibt es schon genug. Ich stelle mir vor, dass die Große Synagoge von Wien fast genauso lebendig gewesen ist, und denke an den Stein, den der Vater von Viktor Frankl gefunden hatte. Es soll, laut der Erzählung von Frankl, ein Teil aus der Tafel der zehn Gebote gewesen sein, der den hebräischen Buchstaben zeigte, der auf das Elternliebegebot verweist. Nach der Zerstörung der Großen Synagoge hatte Viktor Frankls Vater diesen Stein nach Hause gebracht. Genau in dieser Phase hatte sein Sohn gerungen, ob er die ihm dargebotene Chance zur Emigration ergreifen und damit seine alt gewordenen Eltern allein zurücklassen sollte. Er blieb. Die Entscheidung in dieser schwierigen Situation war mit diesem als Zeichen empfundenen steinernen Fingerzeig gefallen. Frankl war nun entlastet und lebte weiter in der getroffenen Entscheidung. Ich würde sagen ein Bauchgefühl, was mehr hervorgebracht hat, als alle klug abgewogenen Argumente. Eine Entscheidung, die das Überleben extrem gefährdet hat, aber die das überlebt haben, erträglich machte.

Nach dem Synagogenbesuch lief ich durch die Sträßchen zu Eva und Andor. Die Gassen wurden frisch gepflastert und das geschäftige Treiben bewirkte eine Lebendigkeit der modernen Großstadt. Am sauber aufgebrachten Klingelschild dachte ich voller Schmerz an die antisemitischen Anfeindungen gegen Agnes Heller in ihrem Budapester Universitätsbüro und die Schmierereien, sie solle verschwinden.

Eva winkte mir schon im Treppenhaus zu. Die schöne Wohnung, die sie in der Vazi Utza schon über 50 Jahre bewohnt, und das offene Lächeln ließen mich fröhlich werden. Wir nahmen in dem gut gekühlten Wohnzimmer Platz. Es drückte uns der Gedanke an die Erinnerung, dass beim letzten Besuch bei Eva mein Mann noch dabei sein konnte. Er, der immer auf seinem Computerbildschirm das Bild der herzlichen Umarmung mit Eva als Inbegriff von Mitmenschlichkeit mit sich führte, was mir oft Eifersuchtsschübchen versetze, die er stets lächelnd abgewiesen hatte, war nun auf solch tragische Weise umgekommen. Eva, die selbst solche schweren Verluste tragen und durchleben musste, brauchte nichts zu sagen. Ich spürte ihr tief empfundenes Mitgefühl. Wir waren froh über die gemeinsam erlebten Gespräche der Vergangenheit und eine unbeschreibliche Nähe in geistiger Verbundenheit. Eva erzählte über die momentane Situation in Ungarn. Sie beschrieb, wie die Nationalisten das 100. Jubiläum der Staatsgründung mit aufmarschierenden Fahnenträgern, zelebriert hatten. Sie erwähnte wie Freunde von ihr sich konkrete Gedanken zum Auswandern machten. Sie fragte sich mit zynischem Unterton, wie es sein konnte, dass niemand den sie kennt, Orbans Fidesz Partei gewählt hatte und sie doch solch eine große Mehrheit bekommen hatten. Über die ausgemachten Parallelen in der Geschichte mussten wir nicht reden, sie waren zu offensichtlich. Eva war deshalb auch betrübter als sonst. Ich versuchte sie aufzumuntern, indem ich ihr von Geschichten aus der Schule berichtete. Sie solle bald wieder mal nach Erfurt kommen. Sie flachste über unbequeme Betten und Andor verlieh mit seinem freundlichen Wesen dem Treffen Leichtigkeit. Wir erfreuten und bestärkten uns, in der Sinnhaftigkeit unseres Tuns den nachfolgenden Generationen von den Millionen Opfern der Shoah und vom Überleben zu erzählen, und taten uns gegenseitig wohl.

Da inzwischen später Mittag geworden war, gingen wir drei gemeinsam hinüber über den schmalen Gang zur hellen Küche. Unzählige Teller aus verschiedenen Teilen Ungarns und der Welt hingen an den Wänden und wurden von mir bestaunt, während Andor das Krautgericht erhitzte. Dazu ließen wir uns gemeinsam das frische Brot schmecken. Die silbernen Löffel waren leicht angelaufen. Ich erzählte, dass ich erst kürzlich in einem Museum erklärt bekommen hatte, dass die Suppenlöffel zu früheren Zeiten quer an den Mund geführt und dann geschlürft wurde. Evas Löffel schienen auch so einen großen Umfang zu haben, dass sie wohl sehr alt waren.

Eva blickte begeistert und nahm den Faden auf: „Dieses Besteck ist das Einzige, was wir zurückbekommen haben. Es war über verschlungenen Wegen von Bekannten aufbewahrt worden, und erinnert sie immer an die unbeschwerte Zeit ihrer Kindheit und Jugend in Debrecen im großbürgerlichen Haushalt ihrer Eltern. Es ist das Relikt aus der Zeit, wo die Welt noch in Ordnung zu sein schien."

Wir betrachteten die Feinheiten und Gravuren des alten Besteckes und sahen es gemeinsam liebevoll und staunend an. Dann, nach dem Essen im Wohnzimmer zurück, blickte ich hinaus auf die Straße. Ich sah am gegenüberliegenden Haus eine Steinverzierung in Form eines Eichhörnchens. Eva hatte diese trotz ihres langen Lebens nie wahrgenommen. Ich erzählte, dass ich mit Budapest immer Eichhörnchen verbinde, weil ich als Kind mal ein Buch aus einer deutschen Buchhandlung in Budapest bekommen hatte, wo es um eine Geschichte mit Eichhörnchen gegangen war.

Wir drei waren zufrieden, saßen etwas beieinander und verfielen dann doch wieder in ein Gespräch über die politischen Entwicklungen der Gegenwart. Eva war traurig über die Geschichtsvergessenheit in ihrem Land. Sie fragte sich, ob ihre Zeitzeugengespräche gar nichts bewirkt hatten. Ich versuchte sie zu beruhigen und nicht nur die direkten Äußerungen im Umfeld der Gespräche als Erfolgsmessung heranzuziehen. Wir wissen als Pädagogen nie, was wir gesät haben in den Köpfen. Mein Vater hatte einmal in dieser Art der Verzweiflung zu mir gesagt: „Wir säen nur, wir ernten nicht." Diesen Satz konnte ich Eva im Brustton der Überzeugung weitergeben. Mit eigenen Geschichten aus dem Schulalltag und den Beobachtungen der Entwicklungen von Jugendlichen über längere Zeiträume ermunterte ich Eva wieder über ihre wichtige Aufgabe als Zeitzeugin positiv und wertschätzend zu urteilen. Sie vergaß die Sorgen darüber, dass Sie Teile von Geschichten erzählt hatte, die sie historisch nicht mehr halten konnte. Inzwischen wusste sie manche Details genauer. Sie hatte immer über die Geschichte der Räumung des Zigeunerlagers als ihre eigene Erinnerung geredet. Nach Besuchen in Auschwitz war ihr aber klar geworden, dass sie diese Schreie, von denen sie berichtet hatte, unmöglich gehört haben konnte. Die Entfernung zwischen dem Teil des Lagers, wo sie interniert war und dem sogenannten Zigeunerlager war zu groß. So waren die Erzählungen ihrer Freundin zu ihren Erinnerungen geworden und sie hatte diese weitergegeben. Ich beruhigte sie, dass sie eine Zeitzeugin sei und genau dieses gemeinsame Erinnern an diese Geschehnisse vollkommen normal sei. Es ist eine Form des mitleiden könnens, für die sie sich doch nicht schämen müsse. Sie war dankbar, dass ich ihr eine Erklärung geliefert hatte und ich war glücklich, dass ich dieser sensiblen Eva so nahekommen durfte.

Nach der herzlichen Verabschiedung unternahm ich einen Gang an der Donau entlang. Ich versuchte, mich an meine Kindheitserlebnisse hier zu erinnern, aber die Gedanken wanderten immer zurück zur augenblicklichen politischen Situation und betrübten mich. Mich widerten die Menschen an, die so ausgelassen den Sommer feierten. Sie saßen in den Cafés und nichts schien sie bekümmern zu können. Ein paar männliche Studenten stritten lautstark auf Englisch an dem Denkmal mit den Schuhen. Dort wo die Menschen in die Donau getrieben worden waren, hatten sie nichts als Worte des Streites. Ich blickte vorwurfsvoll, fast mischte ich mich ein, aber ich wusste, ich könnte heute kein falsches Wort ertragen und ging traurig weiter bis zum Parlamentsgebäude. Auch das versetzte mir nur den Stich, dass da nun wieder Rechte regierten. Ich ging zurück und nahm beim Flanieren durch die Stadt wunderbare Straßenmusiker wahr und fragte mich, ob sie bald wieder abgeholt würden. Ich wusste davon, dass Roma besonders ausgegrenzt, sogar bespuckt werden. Ich warf ihnen mein zu viel getauschtes

Geld in den Hut und fuhr mit der Straßenbahn zum Busbahnhof. In der Dunkelheit ging es zurück nach Wien, wo nur ein hell erleuchtetes Zelt der Grenzkontrolle meinen Schlummerschlaf unterbrach. Am Ende des Tages war ich einfach nur froh, in mein Bett zu fallen.

Zurück in Wien schlief ich aus und begann den Tag mit einem Besuch im Bräunerhof. Rosalies Sohn betrachtete ich und nahm seine tiefen Augenringe wahr. Er war genauso offen und wohltuend wie seine Mutter. Er sprach so freundlich liebevoll über die Dinge des Kellnerns, wie man es nur in Wien erleben kann. Die Ansprache als Dame ließ mich fröhlich sein, ich nahm eine Sacherschnitte und vergaß nicht, diese wortreich zu loben. Die Hitze der Stadt machte das Café angenehm leer und ich las genüsslich die Zeitungen des Tages. Kurz vor 17 Uhr verabschiedete ich mich mit einem guten Trinkgeld und schlenderte froh gestimmt zur Bank. Hans war schon da und strahlte, als er mich mit meinem Sommerhut heranschreiten sah. Ich fühlte mich so erwartet von einem Mann, wie lange nicht mehr. Er stand auf und wir küssten uns angedeutet auf die beiden Wangen, was eine neue Situation für uns war. Es geschah spontan und impulsiv. „Ich habe Dich vermisst!" Ich spürte, wie mein Gesicht heiß wurde. Es sprudelte nur so aus mir heraus. Ich erzählte von Eva und Andor und alles, was ich aus ihrem Leben erfahren hatte. Es war schon kurz vor sechs und Hans hatte zugehört und gab mir nun ein Zeichen, dass er gehen müsse. Ich lächelte ihn an und wusste ja, wohin er musste. Ich war weder eifersüchtig, noch wollte ich ihn bei seiner schweren Aufgabe begleiten. Und so trennten wir uns wieder, aber an diesem Tag mit einem Gefühl der Leichtigkeit. Ich wollte einfach noch etwas Leichtes an dem Tag genießen und zog so hinunter zum Burgringgarten und saugte die verschiedenen Düfte der Rosenstöcke auf. Ganz benebelt legte ich mich auf die Wiese und sah den Lippizzianerfohlen hinter der Albertina zu. Wie frech und froh sie umhersprangen, wie sorglos sie erschienen, dabei erwartete sie doch ein Leben voller Disziplin.

In der Babenbergerstraße aß ich eine Pizza. Das kulturhistorische Museum sollte ich mir noch einmal ansehen. Ich nahm mir vor, das am nächsten Tag zu tun. Ich zog durch die Straßen, ging ins Café Eiles trank einen kleinen Mokka und schlenderte dann wieder zum ‚Kino unter Sternen‘. Weil mir der Film nicht gefiel, nutzte ich die Gelegenheit zur Beobachtung. Am Rand hatten sich wieder einige Obdachlose niedergelassen. Ich sah mir einen etwa 18-jährigen Jugendlichen genauer an. Er war so ruhelos, dass er nach der Hälfte des Filmes aufstand und herumbrüllte. Die Ordner baten ihn, etwas Abstand zu nehmen, um die Projektion nicht zu stören. Das passte ihm überhaupt nicht in den Kram. Wütend verließ er das Terrain. Mittlerweile hatte ich eine Antenne für Gestrandete.

Ich ging ihm nach und setzte mich weiter vorne am Resselpark vorsichtig zu ihm auf eine Bank. „Was willst Du?“, fauchte er mich an. Als Lehrerin kannte ich die Abwehrhaltung und den rauen Umgangston von Jugendlichen. Seine Augen strahlten Traurigkeit aus. Von ihm drohte keine Gefahr, das spürte ich. „Sorry, dass ich Dich so anquatsche, aber auch wenn Dir das etwas komisch vorkommt. Vielleicht magst Du mir trotzdem Deine Geschichte erzählen?“ Verwundert schaute er mich an. Ich sah, wie es in ihm arbeitete. Sein Zorn verrauchte, er ließ den Kopf sinken. Jetzt sah er einfach nur jung und verletzt aus. „Wen interessiert schon meine Geschichte? Die ist eh scheiße." Schließlich setzte er sich und begann zu erzählen: „Weißt du, ich habe allen nur gefallen wollen. Ich wollte nur normal sein, aber bei mir auf dem Dorf, hat das nie gereicht. Niemals war ich gut genug. Ich habe dann eine Tour nach Tschechien gemacht und mir Gras gekauft. Das hatte ich von Schulkollegen aufgeschnappt, wie das funktioniert. Ich wollte endlich was erleben. Das Gras hat mich ganz leicht gemacht, Alles war plötzlich so easy. Mir wurde klar, dass ich es selber in der Hand hatte, mich anders zu fühlen. Ich wollte mehr und bin wieder nach Tschechien gefahren. Es sollte was Härteres sein, also habe mir Chrystal gekauft. Billig und stark. Plötzlich fühlte ich mich selbstbewusster und bekam zuerst bessere Noten. Ich fuhr immer häufiger nach Tschechien. Auf der Rückfahrt habe ich im Zug einmal ein Mädel getroffen und habe dann bei ihr geschlafen. Sie war auch drauf, so dass wir tierisch Spaß zusammen hatten. Irgendwann haben wir uns aus den Augen verloren. Dann bekam ich plötzlich einen Ausschlag am ganzen Körper. Meine Mutter hat mich zum Arzt gezwungen. Der Doktor hat neben anderen Untersuchungen einen HIV-Test machen lassen und das Ergebnis war positiv. Das hat er mir und meiner Mutter ohne Vorwarnung einfach so zusammen vor den Kopf geknallt. Von da an war nichts mehr wie zuvor. Meine Mutter ist ausgerastet und hat immer nur herumgeschrien, dass ich eine Schwuchtel sei und woher ich diese Schwuchtelkrankheit habe und warum ich ihr das alles antue. Ich bin dann in der Nacht weg von zu Hause und jetzt verkaufe ich Sex, damit ich den nächsten Druck bekomme. Ich habe einfach die Schnauze voll, aber ich weiß auch nicht, wie es weiter gehen kann. Ich habe doch eh nicht mehr lange zu leben."

Nachdem er geendet hatte, schweigen wir. Er sieht ins Leere und ich schaue ihn an. „Wir könnten morgen zu einer Beratungsstelle gehen. Es gibt immer einen Weg heraus, der allemal besser ist, als dein Leben jetzt" sage ich. Er blickt sanft auf mich und sagt: „Es ist schon gut, es ist zu spät, aber ich danke dir trotzdem fürs Zuhören." Und noch bevor ich etwas erwidern kann, steht er auf und geht davon. Ich bleibe noch lange auf dieser Bank sitzen. Warum ist da so viel Hoffnungslosigkeit? Ich bin deprimiert. Dieser junge Mensch wird noch lange in meinem Kopf bleiben.

Am nächsten Morgen gehe ich nach einem stärkenden Frühstück schon früh aus dem Haus. Ich nehme den Bus 39a bis Gunoldstraße und steige in die Straßenbahnlinie D um. Die Fahrt in die Stadt dauert so zwar länger, aber ich kann die vielen Stationen genießen. Die Änderungen im Stadtbild erfreuen mich. Erst die lang gestreckte Heiligenstädter Straße mit dem Wertheimsteinpark von unten, dann die Privatklinik, die Station Spittelau in ihrer grauen Anmutung und als Kontrast die bunte Müllverbrennungsanlage. Dann die Betongebäude der Universität und der Franz Joseph Bahnhof. Ab da wird es schöner mit dem Blick in Richtung Donau und den immer herrschaftlicher anzusehenden Häusern des 9. Bezirkes. Einmal der Blick hinüber zu Freud und schon ist man fast am Ring. Die Ringstraße entlang ist es jedes Mal wieder berauschend, die Ausdehnung der Hofburg zu sehen. Beim Burggarten steige ich aus und gehe ins Weltmuseum. Es ist neu und die Blicke in die

Welt lassen mich verwirrt und interessiert gleichermaßen zurück. Ich denke an die eigene Familie. Die Fragen zu Beginn des Museums haben mich verunsichert. Im weltweiten Vergleich gibt es mehr Familien, deren Vorfahren irgendwann einmal ausgewandert sind, als die sesshaft Gebliebenen. Es lag gar nicht nur an der DDR Zeit, es lag eben an der Bodenständigkeit der Vorfahren, dass ich da lebe, wo ich lebe. Ein Zweig der Familie war im 19. Jahrhundert nach Amerika ausgewandert, der Urgroßvater war zur See gefahren und hatte viel zu erzählen gehabt und damit für Offenheit gegenüber Fremden gesorgt. Auch galten Sprachen in unserer Familie immer viel. Die zu Lernen war nie verkehrt und man wisse ja nie, wohin man mal käme. Zu der Erkenntnis bin ich dann im Laufe der Jahre auch gekommen, weil es schöner ist, wenn die Grenzen im Kopf nicht so eng sind oder wie Wittgenstein gesagt hat: „Die Grenzen deiner Sprache, bedeuten auch die Grenzen deiner Welt." Nun fühlte ich mich aber nicht besonders sprachgewandt und war durch die dargebotene Vielfalt der Welt überwältigt. Melancholisch ging ich hinüber ins Kunsthistorische Museum und sah mir noch einmal die güldenen Schönheiten von Klimt in den Ausgestaltungen des Treppenhauses an. Die direkte Kontaktaufnahme über das von der Renovierung übriggebliebene Gerüst war sonst gar nicht möglich. Sprichwörtlich konnte ich Blicke in die letzten Winkel des Treppenhauses werfen und war fasziniert vom Proportionsgefühl des Malers. Die Nähe zu den Damen war entzückend. Zufrieden trank ich einen kleinen Mokka im Café des Museums und aß dazu ein kleines Süppchen. Eigentlich genoss ich die warme Mahlzeit, aber plötzlich zog es in meinem Bauch. Ein feiner Schmerz breitete sich aus. Die Suppe konnte es ja wohl kaum sein. Der Appetit verging mir und ich schob den Teller weg. Vielleicht half etwas frische Luft. Beim Verlassen des Museums wurde mir immer schwummriger. Ich beeilte mich. Die Luft des Sommers war alles andere als erfrischend. Ich versuchte deshalb, durch schnelles Gehen in Richtung Bank, die zunehmenden Schmerzen zu vergessen. Dort angekommen, dauerte es nur wenige Minuten, bis Hans erschien.

Er platze sofort heraus: „Es sind unglaubliche Dinge passiert. Zunächst haben die Chinesen angerufen. Ich bekomme das Haus. Sie haben mir den Vertrag gefaxt, ich habe ihn schon juristisch prüfen lassen und es gibt keinen Haken. Ich unterschreibe und die Lottogesellschaft hat mir das Geld überwiesen und ich kann die Summe bezahlen. Mit Vertragsunterzeichnung bekomme ich den Schlüssel und kann loslegen. Ich bin so glücklich und es gibt so viel zu tun und …"

Ich unterbrach ihn: „Hans, mir geht es nicht gut. Ich habe schreckliche Bauchschmerzen." Er schaute verdutzt und fing an zu grinsen: „Du siehst aber blendend aus. Du hast rote Wangen und hast bestimmt nur etwas Falsches gegessen. Hol` dir in der Apotheke ‚Zum Roten Krebs' einen Schwedenbitter und gleich ist alles wieder in bester Ordnung, du wirst sehen." Mit großem Überschwang erzählte er weiter, was er morgen alles zu erledigen gedenke und was ich ihm helfen könnte. Ich war zu matt, um ihm zu widersprechen, und spürte doch, dass ich enttäuscht war, über so wenig Empathie von dem Menschen, den ich den ganzen Sommer als einen gefühlvollen Begleiter wahrgenommen hatte. Es versetzte mir einen tiefen Stich, der mich sprachlos machte. Er plauderte eine Weile und sprang dann wie gewöhnlich fort. Mir blieb nichts anderes übrig, als über den Hohen Markt zu gehen und die Apotheke gegenüber der Ankeruhr aufzusuchen. Die Apothekerin verkaufte mir den Schwedentrunk und reichte mir etwas Wasser dazu, so dass ich ihre weithin berühmte Medizin sofort vorschriftsmäßig einnehmen konnte. Schmeckte scheußlich das Zeug und brannte in der Kehle. Die Wärme breitete sich im Magen aus. Ob es half? Noch war ich skeptisch.

Am Abend zogen Wolken auf, aber ich wollte noch einmal zum ‚Kino unter Sternen' gehen. In meinem Magen rumorte es. Den Tageszeitungen hatte ich den Streit über die ausstehende künftige Finanzierung entnommen und wusste, dass es ein letztes Mal dieses schöne Ambiente vor der Karlskirche geben würde. Ich setzte mich bei strömenden Regen in einer Pelerine unter den Baum und sah traurig den mich nicht wirklich erreichenden Publikumswunschfilm an. Oder fehlte mir nur die Konzentration? Mir rannen Tränen übers Gesicht, der Schmerz war ein Gemisch aus Bauch- und Abschiedsschmerz. Ich ließ den Tränen ihren Lauf, es wurde zunehmend kühler, feuchter und unangenehmer. Irgendwann ging ich einfach grußlos und ohne noch einmal zurückzuschauen, davon.

In der Nacht wälzte ich mich unruhig in meinem Bett, die Schmerzen wurden schlimmer. Den nächsten Tag verbrachte ich schmerzmittelbetäubt komplett im Bett. Am übernächsten Tag versuchte ich es mit Aufräumen und Tee trinken, und weiter mit Tabletten die Schmerzen zu betäuben. Ich war zu schwach, in die Kirche zu gehen, und ich konnte Hans nicht um Hilfe bitten, weil ich seine Telefonnummer nicht hatte. Ich war so verzweifelt und ging deshalb zur Bank hinter dem Stephansdom. Hans wartete schon und sah vollkommen verheult aus. Wie meistens vorher nahm er meinen Zustand nicht wahr, sondern redete darauf los: „Es ist ein guter Freund von mir gestorben. Ich habe ihn auch mal als Obdachlosen mit meinen Kindern kennengelernt. Er hatte gesoffen, aber war vom Alkohol weg. Er hat die Straßenzeitung Uhudla mitgegründet. Ihm ging es eigentlich gut und er hatte sich gefangen und in der Aufgabe mit der Zeitung den Drang nach Alkohol überwunden. Meine Schüler haben mich angerufen, die damals mit ihm gearbeitet haben. Er ist erschlagen und in die Wien gelegt worden. Sie waren verzweifelt und haben mir Bescheid gegeben, dass morgen die Beerdigung auf dem Zentralfriedhof stattfindet. Ich muss dahin und gerade jetzt wo ich doch so viel zu erledigen habe und das Haus in der Hohen Warte 3 mir gehört. Ich bin so glücklich und verzweifelt zugleich."

Nachdem er eine Pause machte, sagte ich, dass ich morgen unbedingt seine Hilfe bräuchte. „Ich kann nicht mehr, die Bauchschmerzen werden immer schlimmer. Du musst mit mir zum Arzt gehen. Bitte!"

Er sah mich an, als ob ich in einer für ihn nicht verständlichen Sprache gesprochen hätte. Ich saß gekrümmt und konnte mir gar nicht vorstellen, wie ich die nächste Nacht überstehen sollte.

„Was verlangst du von mir? Du weißt doch, was ich zu tun habe. Ich habe schon eine kranke Frau zu versorgen. Du kannst doch allein zum Arzt gehen. Ich muss zu der Beerdigung und dann kannst du mir doch abends erzählen, was der Arzt gesagt hat." Fassungslos blickte ich hinüber: „Aber du siehst doch, dass es mir wirklich schlecht geht."

Er erwiderte ungehaltener als zuvor: „Aber es ist das letzte Geleit meines Freundes, er ist brutal ermordet worden und du lebst." In mir stieg eine tiefe Traurigkeit auf. Hatte ich den ganzen Sommer an diesen Menschen verschwendet, der mir als so menschlich erschien und dem nun ein Toter und ein Haus mehr bedeuteten als ich? Ich als lebendige Person schien gar nicht wahrnehmbar für ihn zu sein. Der Stich vom vorgestrigen Treffen schnitt wie ein eiskaltes Tranchiermesser der Länge nach durch meinen ganzen Körper. Die aufsteigenden Tränen versteckte ich und saß wie versteinert da. Aus der Ferne klang Hans gedämpft zu mir, dass ich doch gebraucht würde und wann ich denn einsteigen könne. Er plane mit mir. Ich ließ ihn reden und nahm still meinen Abschied von ihm. Er ging wie immer zügig. Für mich war klar, dass es das letzte Treffen dieser Art mit ihm gewesen war, und dass ich mich in ihm getäuscht hatte. Ich wollte ihn nie mehr sehen.

III.

Ich wache gekrümmt wie ein Engerling auf meiner Schlafcouch auf. Draußen vorm Fenster fliegen noch die Fledermäuse. Die Grillen sind schon still geworden. Es muss gegen zwei Uhr nachts sein. Ich frage mich, was mit mir los ist. Ich quäle mich zum Bad und muss mich übergeben. Grüne Flüssigkeit verlässt meinen Körper und kolikartige Krämpfe begleiten das Leiden. Ich quäle mir einen Kamillentee hinein und versuche, mich lang ausgestreckt auf dem Teppich liegend zu entspannen. Ich erinnere mich noch an die Selbstinstruktionen der progressiven Muskelrelaxation nach Jacobsen und spreche sie mir zu. Langsam fühle ich mich so, als könnte ich noch einmal im Bett etwas Schlaf finden. Ich döse bis gegen sieben. Ich erhebe mich zerschlagen und weiß, dass ich einen Arzt aufsuchen muss. Ich kleide mich an und nehme den Schlüssel vom Haken, der mir wie ein Bleigewicht erscheint. Ich schleiche zur nahe gelegenen Bushaltestelle und bin froh, die Sitzbank nach fünf Minuten endlich zu erreichen. Ich fahre schmerzerfüllt hinunter bis Oberdöbling und steige in die Straßenbahnlinie 38 um. Eine der Bahnen im alten Baustil lasse ich durchfahren. Ich will die Stufen vermeiden. Bei der Kattusvilla steige ich aus. In früheren Zeiten konnte man hier einen Sekt schlürfen, aber daran ist für mich momentan nicht zu denken. Ich gehe in die internistische Praxis, erkläre meinen Schmerz und muss nur kurz warten. Zunächst soll ich meine Medikamentenliste aufzählen. Die Angestellte kennt die Handelsnamen aus Deutschland nicht und ich buchstabiere sie mühevoll. Sie hat ein Nachsehen mit mir. Sie legt mich auf die Untersuchungsliege und leitet ein EKG ab und misst Blutdruck und Puls. Aus ihrer Sicht ist alles ok, sie kann nicht wissen, wie niedrig die Werte normalerweise sind. Mir ist klar, dass es eine heftige Entzündung in meinem Körper gibt. Ich stelle mir vor, wie die Bakterienhorden unbemerkt meine Herzklappen anfallen. Ich muss die Liege verlassen und eine Etage höher zum Arzt. Ich nehme den Fahrstuhl, nur nicht unnötig anstrengen. Vor mir wird ein Herr Magister aufgerufen. Ich frage mich, was ich bin, eine Staatsexaminierte hat keinen Titel. Vielleicht bin ich als Lehrerin im k.u.k. geprägten Österreich eine Frau Professor oder gar eine Professorin. Meine Gedankenspielerei wird von einem weiteren Bauchkrampf durchkreuzt. Der Herr Doktor bittet zur Audienz. Er redet etwas im schönsten wienerisch, dass er gleich für mich da sei. Ich bin langsam im Erfassen der Worte und leicht verunsichert. Hat er jetzt gesagt, dass er sofort für mich da ist oder noch etwas Zeit braucht? Ich denke das gerade noch so, da sagt er: „Jetzt bin ich für sie da." Er hat blitzende freundliche Augen und fragt gut, seit wann, wie und wo genau der Schmerz sitzt und auch, was mich nach Wien führe. Dann geht es auf die Untersuchungsliege. Er nimmt sein kühles Gel für die Sonographie und schallt meinen Bauchraum. Er findet keine Steine und keine bösartigen Tumore. Er drückt herum und befragt beim Zucken des plagenden Schmerzes nach dem Appendix, besser bekannt als Blinddarm. Ich habe den noch. „Aber leider nicht mehr lange!", meint er und drückt noch einmal fest auf die Seite am Unterbauch. Ich antworte mit einem lauten Stöhnen. Über die Zustände bei der Notaufnahme im AKH hatte ich viel Schlechtes gelesen. Ich schaue angstvoll und er versucht, mir freundlich die Sorgen zu nehmen: „Den brauchen Sie nicht mehr, sehen sie es so, danach können Sie wieder unbeschwert die Schnitzel und die Sachertorten genießen." Ich muss schmunzeln, ob des Wiener Schmähs. Ich lasse mich mit dem Krankenwagen überführen. Die injizierten Schmerzmittel beginnen zu wirken. Ich dämmere nun wesentlich ruhiger als in der Nacht, vor mich hin. Ich werde noch zum Anästhesisten gebracht, durchs CT gefahren und Blut wird entnommen. Die Zeit fließt breiig dahin, mir gerät das Zeitgefühl durcheinander. Ich werde über die OP-Risiken aufgeklärt und unterschreibe bereitwillig alles. Irgendwann sehe ich nur noch Decken und grelle Lampen und schlummere vollends ein.

Als ich aufwache, ist die Operation schon Geschichte. Ich liege in einem Raum mit piepsenden Geräten, neben mir nur leicht verdeckt schwer leidende Patienten. Ich werde freundlich begrüßt und gefragt, ob ich noch heute mit dem Hubschrauber nach Deutschland verlegt werden will. Ich freue mich und sage zu. So muss ich nicht mehr zurückblicken und bin schnell hier weg. Dort warten Freunde und Eltern und werden mir die Wiensehnsucht erträglich machen. Der Flug wird nur eine Stunde dauern und ich bin so unter Schmerzmitteln, dass ich nichts mitbekommen werde. Es geht dann alles wirklich sehr zügig, ich bin kaum bei Bewusstsein und schlummere immer wieder ein. In der Abenddämmerung im Krankenhaus sehe ich die gewohnte heimische Umgebung. Die Wiesen des Klinikgeländes sind braun, die Bäume verdorrt. Der Sommer war sehr heiß und trocken. Ich bin zurück. Wien ist Geschichte und alles erscheint mir wie ein unwirklicher Traum.

Meine Genesung verläuft im Rest der Sommerferien gut und ich kann fröhlich und ausgeruht in das frische Schuljahr einsteigen. Die Klasse ist neu zusammengewürfelt, im Kollegenkreis gibt es die üblichen kleinen Veränderungen und Zufriedenheiten wie Unzufriedenheiten. Meine Zuordnung zu den Klassen und Fächern läuft reibungsarm und ich steige mit vielfältigen Ideen in Projekte und für den Unterricht ins Schuljahr ein. Es ist schön, die Kids nach den Ferien wiederzusehen. Zu sehen welchen Reifungsprozess sie in den Ferien durchlaufen haben und zu schauen, wer schon durch die Pubertät hindurch ist und wo sich die schwersten Veränderungen im Gehirn noch vollziehen müssen. Bei manchen wünsche ich mir ein Waldschuljahr, wo sie lernen, sich und die Umgebung neu wahrzunehmen, weil im Oberstübchen sowieso wegen Umbau geschlossen ist. Bei den meisten ist aber der Fortschritt ins Erwachsenenalter zu spüren und lässt mich aufatmen. Ich versuche mit gezielten pädagogischen Maßnahmen, die Verantwortung auf die Schüler abzugeben und sie so entsprechend ihres Vermögen, besser in den Schulalltag einzubeziehen. Zudem achte ich auf die Integration von neuen Schülern in der Klasse, indem ich versuche, sie besser kennenzulernen und günstige Lernbeziehungen zu fördern. Durch allerlei Maßnahmen zum Lernen am anderen Ort, soll die Gemeinschaft neu vertieft und die positive Lernatmosphäre gefestigt werden. Ich gehe gerne in meine Klasse und bin interessiert daran, allen mein Möglichstes mit auf den Weg zu geben, und sie selbstbewusst in das Leben nach der Schule zu entlassen. Es ist eine erfüllende Aufgabe mit viel Abwechslung. Nur ganz selten denke ich an den Sommer in Wien und es kommen kleine Momente der Sehnsucht in mir auf. Hans versuche ich zu verdrängen. Größtenteils bewege ich mich im Rhythmus der Schulwochen, die vollgepackt zu wenig Zeit zum Durchatmen geben. Ich weiß, dass das kein besonders gesunder Lebensstil ist, aber es ist viel zu tun und es kommt beim täglichen Miteinander oft zu tief beglückenden Momenten. Trotzdem ist da immer das Gefühl, dass die Aufgaben zu vielfältig und zu groß sind. Ich ackere mich durch bis zu den Herbstferien. Große Pause. In meinen Armen trage ich den Koffer zum Bahnhof und ab geht es voller tiefer Sehnsucht und Vorfreude nach Wien. Aber auch ein mulmiges Gefühl ist dieses Mal im Gepäck. Alles ist noch so, wie ich es überstürzt verlassen habe. Die Wohnung liegt ruhig, die Bäume gegenüber haben noch alle Blätter. Nach nur knapp zehn Wochen ist der Sommer hier nicht gewichen. Es gibt herrliche spätsommerliche Tage und ich ziehe im luftigen Kleid hinüber nach Grinzing über die Bellevuestraße und fühle den vor mir hier Entlanggewanderten nach. Hinunten in Heiligenstadt frage ich mich, ob ich, wie Beethoven ein Testament der Wut und Scham verfassen sollte. Ich bin nicht ertaubt. Ich habe nicht meine Talente verloren. Ich bin nicht arm. Ich bin nicht verzweifelt. Ich beschließe, mindestens auch noch 25 Jahre zu leben, und schiebe den Gedanken weit von mir.

Im Zentrum gerate ich am Ballhausplatz in eine Demonstration. Ihr Motto lautet „Es ist schon wieder Donnerstag". Ich lausche den Reden. Ich bin freudig überrascht, dass so viele Menschen für die Demokratie auf der Straße sind. Sie stehen vorm Präsidial- und Kanzleramt gleichermaßen. Vor meinem inneren Auge sehe ich im Kontrast die

Hakenkreuzfahnen an gleicher Stelle aus der verharmlosend genannten Zeit des „Anschlusses" im Jahre 1938. Elfriede Jelineks Aufruf wird verlesen. Ich höre das nicht Aufgeben der Menschen. Ich bin angesteckt und nehme mir vor, in der kommenden Woche wieder mitzugehen. All die Erinnerungen an die eigenen Erfahrungen in der friedlichen Revolution in der damaligen DDR am Ende 1989 keimen in mir auf. Ich spüre, wie ich Mut geben will, für politisch bessere Zeiten.

Bis dahin gehe ich durch die Ausstellungen und Sammlungen. Mein Kopf wird zunehmend frei und ich kann tief durchatmen. Am Tag der offenen Tür gehe ich in der Schule in der Rahlgasse vorbei. Es ergibt sich ein Gespräch mit der Rektorin. Sie sucht EnglischlehrerInnen. Ein Lehrer sei kürzlich ausgestiegen, um sich mit einem Heim selbstständig zu machen, ich meine, den Lehrer zu kennen. Ich lasse mir das Bewerbungsverfahren erläutern und gebe an, es mir zu überlegen. Sie lächelt mich an.

Beim täglichen Vorbeifahren an der Hohen Warte 3 sehe ich deutlich den Baufortschritt. Ein Schild auf eine künftige Nutzung fehlt. Alles ist ruhig von außen und ich stelle mir vor, was an Hintergrundaktivitäten in den Behörden zu tun ist. Sicher braucht man viele Genehmigungen.

Am nächsten Donnerstag gehe ich wieder zur Demo hin. Dieses Mal ist der Treffpunkt am Rathaus. Die Gruppe „Omas gegen Rechts" gefällt mir, so dass ich mir ein Schild geben lasse und mich anschließe. Der Weg des Demonstrationszuges ist lang. Es sind mehr als 8000 Menschen da. Am Volkstheater stehen die Leute in der Aufführungspause auf dem Balkon, vor den Eingängen und an den geöffneten

Fenstern. Es ist ein Winken und ein Aufatmen, ein freundliches Begrüßen. Die Ankündigung in LED-Lampen zeigt das neue Stück als Uraufführung an: „Verteidigung der Demokratie." Mir kommen all die Bilder des Ganges auf dem Leipziger Ring im Jahre 1989 hoch. Wie viele Wochen wird es dauern, dass es einen geschlossenen Menschenring über die gesamte Ringstraße geben wird. Hoffentlich halten die Menschen in ihrem Unmut über die Regierung weiter zusammen durch. Die Angstmacher unter meinen eigenen Lehrern damals erscheinen vor meinem inneren Auge. Die mir in der Kleinstadt gesagt hatten, dass ich nicht zur Demonstration gehen sollte. Das es gefährlich sei für mich und man nie wüsste, was mit den Demonstranten passiere. Ich bin so froh, in Freiheit leben zu können. Weiter gehend durch mir unbekannte Teile der Mariahilfer Vorstadt versetzen mich in inneren Aufruhr. Ich möchte den Umstehenden zurufen: „Leute lasst das Glotzen sein, steht auf und reiht euch ein." Ich bin aber äußerlich leise, ich lausche auf die Gespräche der MitdemonstrantInnen. Am Endpunkt angekommen höre ich fröhliche, ermutigende Beiträge von vielen Frauen, von der Philosophin, über die Zeitungsmacherin des Augustin, bis zur Poetry Slammerin. Bei der Aufforderung, mit einer umstehenden Person ins Gespräch zu kommen, erwische ich zufällig eine Lehrerin. Sie hat Angst, Angst im Alltag darüber zu reden, dass sie hier zur Demonstration war und sieht sich halb ängstlich um, ob sie jemanden kennt oder ob sie jemand erkennt. Ich versuche ihr, von meinen positiven Erfahrungen mit der Einbeziehung von Erinnerungskultur in den Unterricht zu erzählen. Durch Sensibilisierung unter den KollegInnen habe ich gute

112

Erfahrungen gesammelt. Mit mitmenschlichen Begegnungen jeder Art, die den Blick aller Beteiligten auf die Vielfalt verstärkt, ebenso. Damit versuche ich, sie zu ermutigen und ihren Blick auf das Mögliche zu eröffnen.

Ihre aufmerksame staunende Art gibt mir den letzten Anstoß. Ich werde die Bewerbung schreiben. Zwar erst zum nächsten Schuljahr, ich will zuverlässig für meine Schüler der Abgangsklasse sein. Ich werde Abschied nehmen, von all dem Gewesenen und einen neuen Traum leben und nicht ihm hinterherleben. Genussvoll gehe ich langsam die Döblinger Hauptstraße hinauf: am Buchladen vorbei, lächelnd zum Toilettenhäuschen hinsehend, staunend vor dem Haus Hohe Warte 3 stehend und weiter meiner Wege gehend ganz hinauf zur Hohen Warte. Ich freue mich auf mein neues Leben in Wien. Hier gehöre ich hin.

Danksagung

Ich danke meinen lieben Eltern, die mich mein Leben lang so liebevoll begleiten und meiner Phantasie Schwingen gegeben haben und mich ab und zu wieder erdeten. Meinen lieben Geschwistern Georg und Meggy für ihre treue Geschwisternschaft und ihre Liebe.

Meinem geliebten Rüdiger, der mir zwar den Georg Büchner Preis nicht zutraut, aber mich damit nicht vollständig demotiviert hat, trotzdem weiter zu schreiben, und somit mein kritischster und liebevollster Begleiter zugleich geworden ist. Und ohne dessen Liebe ich niemals sein mag.

Ich danke Marko, meinem Schulkameraden, der einmal über Autorschaft gesagt hat, man müsse einfach regelmäßig schreiben, dann werde es schon besser.

Und ich danke meinen aufmunternden KollegInnen Rüdiger, Petra, Ines und Katrin, die Anderes von mir gelesen haben und Neues wünschten und damit motivierten und im Alltag geduldig mit meiner Ungeduld umgehen. Außerdem Dank an alle Verwandten, Lehrer, Lehrerinnen und Freundinnen und Freunde im engen, wie im weiteren Sinne, für die gemeinsam verbrachte Zeit.